Os atalhos de Samanta

Outras obras do autor editadas pela Record

Cada louco com sua mania, 1995
Sofá branco, 1996
Horóscopo pessoal para praticantes, 2001

Márcio Paschoal

Os atalhos de Samanta

EDITORA RECORD
RIO DE JANEIRO • SÃO PAULO
2004

CIP-Brasil. Catalogação-na-fonte
Sindicato Nacional dos Editores de Livros, RJ.

P284a   Paschoal, Márcio, 1953-
        Os atalhos de Samanta / Márcio Paschoal. – Rio de
        Janeiro: Record, 2004.

        ISBN 85-01-06846-2

        1. Ficção brasileira. I. Título.

                                CDD – 869.93
03-1469   CDU – 821.134.3(81)-3

Copyright © 2004 by Márcio Paschoal

Direitos exclusivos desta edição reservados pela
DISTRIBUIDORA RECORD DE SERVIÇOS DE IMPRENSA S.A.
Rua Argentina 171 – Rio de Janeiro, RJ – 20921-380 –Tel.: 2585-2000

Impresso no Brasil

ISBN 85-01-06846-2

PEDIDOS PELO REEMBOLSO POSTAL
Caixa Postal 23.052
Rio de Janeiro, RJ – 20922-970

EDITORA AFILIADA

Agradecimentos especiais

a Geraldinho Azevedo,
pelas inclinações musicais;

às atrizes
Elizabeth Montgomery e
Fernanda Montenegro,
pela inspiração
e pseudônimo da protagonista.

Nota do Autor

Este livro é uma obra de ficção, aliada a depoimentos de pessoas ligadas ao meio musical, com base em alguns acontecimentos verídicos.

Alguns nomes reais foram substituídos para evitar inquietações, mal-estares e processos jurídicos. Já a citação de artistas conhecidos reflete muito mais um elogio ou mesmo uma fortuita exaltação do que propriamente mero caráter referencial.

O texto exposto procurou retratar fielmente o momento grave pelo qual atravessa a música popular brasileira e não pôde deixar de registrar o impressionante número de cantoras trafegando por esse cenário. Que elas não se sintam atingidas de nenhuma forma, pois a protagonista é caracterizada pelo estereótipo da classe, e não pelo seu conceito mais emblemático.

Igualmente inúmeras são as homossexuais do meio musical, mas não diferem em número daquelas que exercem qualquer outra profissão ou carreira — apenas se destacam pela efervescência e pelo clássico corporativismo.

Quanto aos personagens retratados no comando das gravadoras e demais estabelecimentos envolvidos na produção do disco, cumpre destacar que os fatos ressaltados no texto, enfocando o lado execrável e a incompetência clamorosa, foram até acanhados.

Para os demais técnicos e profissionais do universo da música nacional, uma menção mais do que honrosa e o reconhecimento pela importância de seu trabalho, infelizmente, nem sempre valorizado na prática.

I

Atalho. *S.m.* [*dev. de atalhar*]: *Caminho fora da estrada comum para encurtar distâncias, o tempo do percurso; corte, vereda.* (Dicionário Aurélio)

BONITA, BONITA ELA NÃO ERA, MAS TINHA SEU CHARME. Do tipo mais alto que a média, exibia sorriso largo e constante, cara simpática, corpo sem grandes atrativos, embora sem defeitos que também chamassem a atenção, o que já lhe conferia uma certa vantagem: a da discrição e a do meio-termo natural. Lembrava uma versão muito distante e "chinfrim-tupiniquim" da Courtney Love, ex do suicida Kurt Cobain, do Nirvana.

Morava no alto de Santa Teresa, vivia meio desligada como na canção mutante e sonhava com a fama. Era loura e assumia. Não tinha seios fartos, mas estava farta desse negócio de ditadura do corpo e outros derivados. A simples idéia do uso de silicone a revoltava. De ilegítima e fake bastavam-lhe a vida que levava e o ambiente em que vivia. Alguma coisa andava lhe dizendo que a vida iria mudar. Para melhor ou pior, mas mudar. Pressentia um tempo de transformações inevitáveis. Não que estivesse insatisfeita com a vida. Não, era bem pior: estava inconformada, revoltada, perfeitamente de mal com o mundo. Todos os seus sonhos estavam lhe devendo. Faltavam emoção, estímulo, entusiasmo e, acima de tudo, sorte. O destino às vezes lhe parecia ingrato, ou como se estivesse fazendo de propósito. Tudo com ela, se não dava imediatamente errado, no fim acabava sempre não dando certo.

Mesmo contra a vontade, acreditava ainda em Deus, porém desistira de freqüentar igrejas. Era uma católica batizada e crismada, mas cedo se deixara decepcionar com o que ela mesma chamava de desencontro carismático. Para ela, todas as religiões levavam a uma só busca: a crença em uma megadivindade apaziguadora, um provedor supremo e eterno. E se não aceitava totalmente a vida após a morte, pelo menos achava justa, para alguns, a reencarnação. E explicava:

— Nesse sistema de almas reencarnadas fica difícil aceitar a validade de certas mortes, como a de bebês natimortos ou de adolescentes em pleno auge da vida. E o que dizer dos abortos e até do número incalculável de masturbações? Cada espermatozóide que não vingasse valeria estatisticamente como encarnação? Minha teoria é a da segunda chance para todos, inclusive para aqueles cujo óbito ocorre de forma não razoável ou indigna, como morrer de susto, engasgado com osso de galinha, atropelado por bicicleta, alvejado na cabeça por um penico, vitimado por uma trombose das hemorróidas etc. Para esses a reencarnação poderia servir como um pedido de desculpas do poder divino: "Foi mal, vai lá e tenta de novo!" Uma espécie de contrapartida. Já para os que morressem de velhice crônica ou após um superorgasmo, tudo bem, nada a reclamar. Uma vida já era o bastante.

Enfim, ela era uma descrente bem cretina, uma temente a qualquer coisa sagrada que falasse mais alto, uma atéia não-assumida, mais uma dessas tantas perdidas nas embrulhadas da nossa velha finitude humana em busca de eternidades elementares.

Seus maiores defeitos, além da insegurança em relação à identidade religiosa, eram a falta de confiança e a parcimônia na auto-estima. Sentia-se sempre a despreparada, aquela que o mundo afrontara, uma semiparanóica vital. Para qualquer passo, necessitava de incentivos; para cada tomada de posição ou atitude, precisava de conselhos; para cada espirro, um lenço amigo. Uma chatice inominável.

Apesar ou justamente por causa disso, tinha muitas e fiéis amizades, só explicáveis pela nossa condição de animais sociais carentes ao máximo.

Mas havia também virtudes e, entre as mais reconhecidas e louváveis, o dom de cantar e encantar. Possuía bela voz, afinada e com alguma extensão, e tinha bom gosto no repertório. A todos o que mais impressionava era sua postura no palco. Pura magia, coisa de passe espiritual. Aos primeiros holofotes, ela brilhava e se desnudava de repressões, nem lembrava aquela neurótica tímida e cheia de não-me-toques.

E, ao que tudo indicava, a hora da estrela estava bem próxima. Deus lhe daria uma ajuda, com certeza.

II

ELA SABIA QUE AQUELA SERIA SUA GRANDE CHANCE. Talvez a última. O bar de Santa Teresa repleto de amigos, convidados especiais, alguns curiosos, casais espalhados pelas mesas. E a principal, à direita, ocupada por um executivo de uma multinacional do disco. O figurão estava lá a convite do novo namorado dela, e empresário, o Paulão. Paulão surgira em sua vida numa festa na casa de uma prima. Bem que esta lhe havia avisado:
— Cuidado com o Paulão. Ele não quer nada. Vive de brisa, nos dois sentidos, sacou?
Os mais próximos desconfiavam que Paulão estava envolvido, de alguma forma, com drogas.
Mas ela não deu ouvidos. Devia ser intriga. O que tinha de alma invejosa por aí... Resolveu seguir sua velha e infalível intuição. Haveria de ser com o Paulão.
Ele era bom em quase tudo que fazia. Na cama era esforçado e amante ativo. Bem-apessoado, possuía a verve dos

patifes bem-sucedidos. Exímio dançarino, de variados estilos e meneios, chamava a atenção quando rodopiava e evoluía pelo salão. De conversa fluida, tinha razoável cultura, sem ser um esnobe. Sabia sempre a palavra mais certa e a hora de ficar calado e ouvir. Um cínico funcional. Mas, acima de tudo e contra todos, Paulão era um otimista patológico. E era de otimismos insanos e exagerados que ela mais precisava quando se conheceram.

O tal executivo importante da gravadora, sentado na mesa mais próxima do palco, tomava seu uísque, animado, enquanto conversava com Paulão, à espera de conhecer a nova cantora tão comentada.

Foi então que ela notou que estava mais insegura do que o normal. Alguma coisa não ia bem. Suava frio nas mãos e — surpresa maior — as pernas agora tremiam. Aliás, tudo nela tremia. Estava definitivamente em pânico:

— Meu Deus! Tanto tempo na estrada, cantando na noite, diante de uma platéia de sonolentos, enfrentando bêbados inconvenientes. Sou ou não uma intérprete, dona de estilo único e do meu próprio nariz? O que está acontecendo comigo?

Poderia ter sido a noite anterior. Ela bem que avisara ao Paulão que era melhor parar no quinto chope. O dia seguinte seria importante. Imagine se o executivo da gravadora resolvesse mesmo aparecer? Era melhor dar um tempo.

Mas Paulão desconversou e disse que a vida teria de seguir suas normalidades. Nada de exceções e ansiedades de véspera. Tudo teria de ser e parecer natural. O executivo garantira presença e era seu amigo de longa data. Tinham afinidades e intimidades. Não ia haver problema nenhum.

E, afinal, ela era ou não uma cantora de verdade? E arrematou com seu clássico "o que tiver de ser será, e nem Deus duvida..."
Aquilo, de Deus não duvidar, mexia definitivamente com ela. Afastava seus temores mais evidentes, era quase como um elixir mágico, e traduzia o certo fascínio que sentia por Paulão.
Pois é. Depois do quinto, do sexto, do nono, do sei lá quantos mais, eram espumas ao vento. Lembrava só que finalizara com um conhaque barato. Uma lástima. Paulão ficara completamente embriagado e, eufórico, anunciara aos berros os novos projetos que faria com ela. Sonhava com a produção do disco de estréia, convidados famosos, o sucesso estampado em letreiros luminosos: "Samanta Gregory, a nova estrela da MPB!"

III

SEU NOME DE PIA ERA SAMANTA MARIA GREGÓRIO DA Silva. Como cantora era conhecida por Samanta. Na noite em que foi apresentada a Paulão, ele foi logo contestando:

— Mas é só Samanta?
— Só Samanta. Por quê?
— É bem pouco nome para uma cantora, sabia?
— Você acha? Mas não tem a Simone?
— Pois é, se ela tivesse um nome maior seria ainda muito mais cantora...

Naquele instante Samanta Maria desconfiou que, bem ali, à sua frente, estava alguém que poderia acabar com a mesmice da vida. Gostava de pessoas com personalidade forte e, se com um argumento sem o menor sentido como aquele ele ainda conseguia encadear um raciocínio rápido e lógico, estava claro que deveria tratar-se de uma pessoa muito especial.

Depois que soube o nome dela completo ele ganhou mais confiança:
— Samanta Maria é dose. Muito brega. Gregório é masculino em excesso, e Silva nem pensar. O negócio é americanizar o nome. Dá um toque internacional e impõe respeito. Que tal Samanta Gregory?

Samanta ficou imaginando seu novo nome na capa de um cedê: "Samanta Gregory — the best of." Até que não era mau. Ficara mesmo impressionada com a firmeza e a imaginação daquele rapaz idiota mas com cara de pensador:
— Nunca tinha pensado no meu nome em inglês. Soa legal Samanta Gregory. O que você acha de acrescentar um agá em Samanta?
— Samanta sem agá tem sete letras. Com agá passa para oito, e em numerologia isso é ótimo. A casa oito tem tudo a ver com música e sucesso, futuro e novas possibilidades.
— Você entende mesmo de numerologia?

Paulo Roberto Azambuja Lemos, o Paulão, um idiota com cara de pensador, não entendia nada de numerologia, mas era um cínico descarado. Vivia de planos e sempre dizia que um dia ainda descobririam seu valor. Não era viciado em nenhuma droga, muito menos traficava, como muitos maldosos insistiam em comentar. Apenas tinha alguns conhecidos no morro, e uma única vez, garantia, topara vender a droga, mas só para fornecer aos amigos mais chegados. O problema era que Paulão tinha um número incalculável de amigos chegados, uma autêntica clientela de firma, e isso, é claro, quase o levara para a cadeia. Foi alvo da sanha de alguns policiais inescrupulosos e, se não fosse por um velho amigo advogado e o estouro do saldo de alguns cheques especiais, estaria em má situação. Por conta disso, teve alguns desentendimentos com gerentes aflitos, até hoje tem nome sujo na praça e não pode mais abrir conta bancária. Atualmente seu maior vício é a cerveja, que toma sem cerimônia e quase nenhum controle. Embora não se considere alcoólatra, vive prometendo a si mesmo que vai parar de beber. Ao menos, reduzir. Autodenomina-se um bebedor social e, como vive em sociedade, acaba tendo de beber mais do que a conta. E aí está seu maior desafio: a conta, ou como pagá-la. Está sempre sem dinheiro e com sede. Fora isso, é um carioca de classe média, igual a tantos outros, não fosse o sobrenome odioso, Azambuja. Depois daquele personagem trambiqueiro da televisão, criado pelo Chico Anysio, Paulão começara a tomar raiva do sobrenome. Assinava sempre Paulo Roberto A. Lemos. Evitava andar com a carteira de identidade e só portava a da faculdade, que trazia impresso o tal A. Lemos, que virava Alves, Assumpção, Alvarenga ou qualquer outro que lhe viesse à cabeça.

Mas era bem-intencionado o Paulão A. Lemos. E cheio de idéias.

IV

"*Quem se mete por atalho, vê-se em trabalhos.*" (Adágio popular)

N AQUELE BAR DE SANTA TERESA, O EXECUTIVO DA multinacional começa a estranhar a demora da cantora, a tal namorada do Paulão. O show está atrasado mais de uma hora. Paulão, sem conseguir disfarçar a ansiedade, tenta explicar que noite de estréia é assim mesmo, e a praxe é retardar um pouquinho. Mas o pouquinho já estava se estendendo demais. Paulão pede licença e vai ao camarim saber o que está acontecendo.

Encontra Samantha ainda sem maquiagem, bastante nervosa e assustada:

— Paulão, não estou me sentindo bem. Nunca fiquei assim, cara. Que porra é essa?

— É frescura, porra!

Aquilo saiu e soou como um soco no estômago de Samantha. Nunca Paulão dissera um palavrão na sua frente. E num momento como aquele... Mas ela que começara; afinal, o primeiro "porra" fora dela. E Paulão ameaçava com mais "porras":

— Porra, depois de tudo que a gente passou, Samantha? Todo esse tempo de sonhos e planejando sua carreira, porra? E agora você vai desbundar, porra?

Samantha começa a chorar, entre porras:

— Não posso, porra! Não posso!

Paulão pede para todos saírem do camarim, deixa Samantha com os "porras" e as inseguranças fora de hora, tranca a porta e retorna dali a minutos, acompanhado de uma moça com cara de poucos amigos. Era uma morena mais para mulata, de calça jeans rasgada nas coxas e lenço colorido na cabeça. Uma espécie de híbrido de hippie-fashion e neodrogada. Apresenta-lhe Samantha e decreta:

— Esta é Maria do Rosário, minha amigona. Ela vai te dar um jeito. Faz o que ela mandar. Vou voltar para a mesa e enrolar meu amigo da multinacional.

Paulão, antes de sair, olha para Rosário e sentencia:

— Ela entra no palco em quinze minutos. De qualquer maneira!

Paulo Roberto A. Lemos podia até ser meio idiota, totalmente irresponsável, de caráter nebuloso, mas era, sem dúvida ou remorso, um cara decidido.

V

SAMANTHA GREGORY, ENFIM, ENTRA NO PALCO, ALTIVA e carismática, como uma artista veterana. Com domínio completo da platéia, canta e convida o público a participar. O executivo, amigo do Paulão, parecia mesmo impressionado. A banda que acompanhava Samantha não era das melhores, mas, contagiada pela cantora, dava bem mais do que podia. O show parecia fadado ao sucesso. Os olhos injetados da cantora é que destoavam. Era como se ela estivesse implodindo e explodindo ao mesmo tempo. Alguma coisa não combinava. Nas músicas mais lentas e predominantemente nas frases mais românticas ela cerrava os lábios e esbugalhava o olhar. Fazia gestos exagerados e, às vezes, obscenos. Puxava o decote do vestido, subia a saia, arrumava os cabelos com raiva e revirava os olhos como uma Linda Blair semi-exorcizada. Quando o ritmo acelerava, estancava no palco, olhando para um ponto indefinido num horizonte imaginário, dando mostras de ares nefelibatas e de quase consumição.

A princípio, todos acharam que era uma tática diferente de expressão corporal. Um tipo de jogo nonsense. Mas, com o passar das músicas, ficava ainda mais evidente que a moça estava exacerbando e perdendo aos poucos o controle cênico.

Da metade do show para a frente, o constrangimento foi geral. Samantha gritava quando devia balbuciar a letra das canções, semitonava e deixava a banda perdida; algumas vezes ela continuou a cantar depois dos músicos terem encerrado. Contudo, e acima de tudo, o público ainda fiel, entre incrédulo e anestesiado, insistia em bater palmas, como a incentivá-la num momento ruim.

Samantha parecia em êxtase. Quase no fim do show, ao se esforçar num agudo mais difícil, surpreendeu a todos com um líquido que lhe desceu pelas pernas. Aos que ainda não haviam percebido, ela, impávida, resumiu:

— Gente, essa foi tão boa que eu me mijei toda!

A platéia, num misto de gargalhada e nervosismo, seguia as peripécias da cantora. O show terminou, num grand finale, com direito a tombo de Samantha Gregory, desabando de costas em cima da bateria.

Fim de espetáculo: a cantora foi retirada do palco, amparada pelos músicos da banda.

Na platéia, o público boquiaberto e sem coragem de pedir bis. As luzes se acenderam, e todos, ainda em choque, se entreolhavam. Os comentários e bochichos tomaram conta do ambiente. Ninguém ficou imune.

O convidado de honra, executivo da multinacional e amigo do Paulão, nem sabia o que dizer. Paulão não disfarçava a surpresa, mas continuava sorrindo amarelo.

OS ATALHOS DE SAMANTA

As pessoas iam pagando a conta, pedindo a saideira e deixando o recinto ainda sob o efeito da incrível performance de Samantha Gregory, a "muito-louca" de Santa Teresa.

VI

No fim, até que o saldo havia sido positivo. Mesmo com as incontáveis mancadas da surpreendente Samantha Gregory, o show daquela noite ficaria na lembrança de muitas pessoas. O boca a boca em Santa Teresa e adjacências era um só: a cantora que urinara no palco de tanta emoção. Ou seria por excesso de drogas? A segunda hipótese parecia mais viável. Rosário explicara depois que tinha dado uma carreira caprichada para Samantha cheirar, e completara com um coquetel de uísque, comprimido de açaí e energético Red Bull. Como Samantha não era usuária assídua, o efeito fora avassalador e dera no que todos haviam presenciado. Rosário justificava para Paulão: talvez o pó estivesse "malhado" para melhor, ou seja, puro demais, o uísque era um Black Label, o concentrado de açaí era de fonte confiável e o Red Bull podia dar asas, mas nem tanto. Enfim, divididas todas as culpas e aferidos os resultados finais, restara como herança um show memorável, ridículo em boa parte, mas, definitivamente, fora dos padrões. Uma cantora incomum, sem dúvida. E o melhor era que Nestor, o tal executivo da multinacional, pedira o telefone de contato de Samantha. Nada mau. Se ele não tivesse gostado, para que pedir o telefone dela? Paulão, a princípio, achara muito estranho, afinal o empresário e contato era ele. Um tanto enciumado, concluíra que era para uma possível segunda chance ou, quem sabe, para marcar um outro showcase.

Samantha, logo após a sua apresentação, ficara eufórica e excitada ao limite. Levada para casa à força, contrariada, insistiu em passar o resto da noite festejando e bebendo algo mais forte. Tomou umas cervejas, conversou com alguns amigos mais íntimos e foi convencida a ir para casa. Colocada ou, melhor, despejada na cama, ainda sob o efeito das drogas, só conseguiu dormir perto das dez da manhã, para despertar no meio da tarde e com uma ressaca incomparável. Da fatídica noite anterior, pouco lembrava, mas, para seu desespero, recordava claramente o momento em que a bexiga parecia querer estourar. Vinha-lhe à mente a imagem do tal figurão da multinacional, amigo do Paulão, de boca escancarada e olhos fixos nela, enquanto o xixi lhe vazava por entre as pernas. Lembrava ainda de algumas canções em que trocara a letra, porém recusava-se terminantemente a crer que no fim havia despencado em cima da bateria. Isso só poderia ser invencionice ou brincadeira de mau gosto dos amigos. Estava deprimida, enjoada, com muita vergonha e pena de si mesma. Naquele instante ela só pensava em sumir, abandonar a carreira recente de cantora e dar um tempo de tudo.

OS ATALHOS DE SAMANTA

A depressão e a ressaca seguiam seu curso natural e certamente perdurariam ainda por mais tempo, não fosse Paulão lhe avisar que Nestor, o tal executivo da multinacional, queria lhe falar e pedira para ligar com urgência para ele.

— O que será que ele ainda quer comigo?

Decididamente ela não tinha coragem de ligar. Pediu que Paulão ligasse, mas este, com o orgulho ferido, argumentou que o Nestor queria falar com ela diretamente. Se quisesse falar com ele, já teria falado. Também estava achando estranho, mas...

— Você não tem mais nada a perder, Samantha. Liga logo e paga pra ver.

Para Samantha, o preço a pagar assumia parâmetros quase inacessíveis. Estava abalada, com a auto-estima no pé. Mas, se não telefonasse, ia acabar morrendo de curiosidade ou, pior, de arrependimento: já pensou se fosse para contratá-la?

Decidiu ligar. Mas antes quis saber de Paulão tudo sobre esse tal Nestor.

VII

Andar por atalhos. [francês familiar]: usar de enredos e subterfúgios, não proceder com franqueza e retidão.
(Dicionário Caldas Aulete)

PAULÃO ENCONTROU MUITAS DIFICULDADES PARA explicar, afinal, como conhecera o Nestor. A verdade era que Nestor fazia parte do rol de seus fregueses antigos. Um dos melhores e mais freqüentes. No começo era cocaína. Fumo, muito raro. Ultimamente era só ecstasy que encomendava. Não que Paulão fosse do tráfico ou que gostasse de andar mexendo com essas coisas, mas o Nestor era um cliente especial e ele não iria deixá-lo na mão. Quando soube que Nestor trabalhava numa multinacional da música, logo fez a associação: era a pessoa certa na hora exata. Só não estava gostando de ele querer falar com Samantha em particular. Podia ser perigoso. Queria ficar no controle da situação. A única saída foi inventar que ele era um velho amigo e que, depois de muito tempo sem notícias um do outro, se reencontraram agora. Era um cara esquisito, mas de confiança. E tinha o poder. Se quisesse, gravava um disco para ela, com certeza.

— Samanthinha, o cara pode mudar a vida da gente. Se ele tiver interesse pode bancar um cedê, com tudo que a gente tem direito.

— Tá, vou ligar.

— Mas não vai me deixar de fora. Olha lá...

— Fica tranqüilo. Mas só vou ligar amanhã; hoje não estou nada inspirada...

VIII

Atalhar. *[intransitivo]: tomar a palavra; interromper quem está falando.* (Dicionário de verbos e regimes)

DIA SEGUINTE, JÁ REFEITA DA NOITADA E DOS EXAGEROS do inusitado show, Samantha se concentra para dar o telefonema da sua vida. E se o tal Nestor estivesse a fim de esculhambar com ela? Podia ser para dizer que não queria nunca mais vê-la ou ainda aconselhá-la a seguir outra carreira. Mas, em ambos os casos, por que pediria para ligar para ele?

As dúvidas só seriam desfeitas após a ligação. Toma uns goles de vodca barata, ouve um cedê de chorinho, do Época de Ouro, que sempre a deixa mais calma, e disca para mudar o seu destino.

— Alô? O Nestor, por favor?
— Quem quer falar com ele?

— Diz que é a Samantha...
— Quem?
— Samantha Gregory...
— Samanta o quê?
Nesse momento Samantha quase desliga. Mas resolve soletrar pacientemente o Gregory. Percebe o tom debochado da mocinha e pode ouvir uma risada abafada. Tem vontade de morrer. Dali a pouco a moça volta e avisa que o doutor Nestor vai atender. Alívio. Passa o tempo — para ela uma eternidade — e nada. A mocinha — agora sem deboches — retorna e explica que ele está numa outra ligação importante, mas vai atendê-la logo. Já mais confiante, Samantha aguarda. Passa a nutrir sérias dúvidas sobre o acerto na escolha do Gregory para pseudônimo artístico. Não tem certeza, mas começa a achar o nome equivocado. Gregory? Pensando bem, esse Gregory não tinha nada a ver com ela. Definitivamente. Ouve a voz do Nestor, na linha:
— Minha querida, é você?
(Samantha pensa em responder: não, é a tua mãe!)
— Tudo bem com a minha cantora?
(Samantha quer responder: tudo péssimo, estou morrendo de vergonha, quero mudar meu nome artístico e não sou a *sua* cantora...)
— Olha, adorei o show. Você estava bem demais...
(Samantha quer discordar: eu estava uma droga; aliás, eu era só droga naquela noite...)
— Aquela hora em que você urinou no meio da música foi o máximo...
(Samantha pensa em desligar.)
— É claro que alguma coisa ainda precisa melhorar...

OS ATALHOS DE SAMANTA

(Samantha tinha certeza que muita coisa precisava melhorar. Sua vida era só necessidades...)
— Você tem de procurar uma orientação profissional. Alguém que entenda do assunto...
(Samantha, pela primeira vez, concorda: também achava o Paulão despreparado...)
— Olha, falaremos disso pessoalmente. Vamos marcar um jantar. O que você acha?
(Samantha não conseguia achar mais nada...)
— Ótimo. Quinta-feira está bom pra você?
(Para Samantha estava.)
— Mas tem uma coisa: não fala nada com o Paulão. Isso fica só entre nós. Quero tratar tudo com você em particular, percebe?
(Samantha estava começando a perceber...)
— Conheço um restaurante escondidinho que é fantástico...
(Samantha ficou apavorada com aquele escondidinho, que viera carregado de segundas e claras intenções...)
— Você vai adorar...
(Samantha sabia que não tinha mais escolha: era adorar ou adorar...)

IX

Atajo. *[cubano — campesinos]: 20 a 25 éguas com um só garanhão.* (Dicionário de expressões idiomáticas)

Atalho. *S.m. [provincianismo português — Alent.]: rebanho de cinqüenta a cem ovelhas.* (Dicionário Gamma)

NESTOR FICARA DE APANHÁ-LA ÀS NOVE, QUINTA-FEIRA. A dúvida, agora, era se falaria ou não com o Paulão sobre o tal jantar escondidinho.

Também estava achando o Paulão um incompetente, mesmo tendo sido o responsável pelo encontro com Nestor. O que mais incomodava era o jeitão dele de se meter em tudo, tentar saber de tudo. Um convencido e emproado, cheio de mentiras e golpes. Não lhe passava mais a menor confiança. Paulão poderia até servir como namorado, mas daí a empresário ia uma longa distância. A grande dificuldade era como fazê-lo entender isso. Ele se achava o dono da cantora. E essa idéia fixa de ele inventar um nome artístico em inglês não podia ter sido mais infeliz. Coisa de amador. Na realidade, Samantha estava ficando farta do Paulão. Bem, iria ao tal jantar sem ele saber. Dependendo do resultado daquele encontro, decidiria o que fazer mais adiante. Tentava agora imaginar como seria o Nestor. Na noite do show em Santa Teresa ela estava tão alterada que pouco ou quase nada lembrava dele. Seria um homem íntegro e de palavra ou mais um conversa-fiada? Será que ele havia mesmo gostado daquela apresentação maluca? E da mijada no palco, também? Tudo era possível...

A verdade é que Nestor Maurício de Sá Nogueira era um desses executivos metidos a muita coisa. Não era fanático por trabalho. Menos workaholic e mais alcoólico. Quando jovem, tentara a faculdade de engenharia e, reprovado no vestibular, voltara-se para a administração de empresas. Demorou a se formar, casou cedo e teve dois filhos. Costumava dizer que seu casamento funcionava. Não era questão de ainda amar a esposa, mas de ter certeza do desgaste das separações. Acomodara-se, pois, num matrimônio de aparências. De perfil contraditório, ninguém ousaria suspeitar dele como possível consumidor de ecstasy e outras drogas próprias a pessoas efetivamente mais jovens. Freqüentador constante da piscina do play, falante em reuniões de condomínio, torcedor ferrenho do Botafogo, bebedor de Prosecco só para impressionar, quase ficando calvo, perdendo a batalha para uma proeminente barriguinha que insistia em se fazer cada

OS ATALHOS DE SAMANTA

vez mais notada, enfim, um notório e medíocre morador carioca do bairro das Laranjeiras. Nunca fora um destaque com as mulheres. Bancário durante um bom tempo, conseguira emprego no departamento de marketing de uma multinacional de discos, convidado por um velho e venal amigo. Destacara-se nas vendas e, com a saída do antigo gerente administrativo, assumira interinamente seu lugar. Atualmente é responsável pelas vendas e distribuição, o que lhe reserva um papel de certa evidência na empresa. E como adorasse o glamour de sua função e o que conseguisse obter em proveito próprio, vivia inventando cantoras que o mercado não se escusava de fornecer aos borbotões. Eram tantas, tão obcecadas pela fama, tão bonitas, gostosas e à mão, que Nestor se especializara em lograr favores dessas moças incautas e resolutas. Todos perceberam, de longe, seu interesse especial em Samantha Gregory. Ficara bastante impressionado com aquela cena de ela urinar em pleno palco. Estaria tudo caminhando para mais um desfecho comum, ou seja, mais uma aspirante-a-cantora tendo caso-passageiro com executivo-aproveitador, não fossem alguns detalhes e desígnios do destino de ambos.

X

QUINTA-FEIRA, DEZ DA NOITE. UM RESTAURANTE PEQUEno, acolhedor, com decoração discutível, atendimento regular na recepção, iluminação precária e, acima de tudo, discretíssimo. Poucas pessoas, separadas por uma ou outra mesa. Num canto, depois de um mezanino, em mesa reservada, Samantha e Nestor se acomodavam e iam se ambientando. Mais Samantha, pois Nestor já parecia familiarizado com tudo. Chamava o garçom pelo nome, perguntava pelo vinho favorito, espanhol, uva *tempranillo*, safra mais indicada e coisa e tal. Tudo para tentar impressionar. Mal sabia ele que a moça à sua frente não entendia bulhufas de vinhos e o que ela mais desprezava eram conhecimentos enólogos. Aliás, nem sabia o significado de enólogo. Distante e alheia à exibição dele, olhava distraída, não para os astros, mas para o teto do lugar, que chamara sua atenção. Eram trançados de madeira e, pelas vigas espalhadas, dezenas de garrafas de *chianti* penduradas. Nos moldes das antigas tabernas.

Samantha não sabia explicar muito bem, mas o fato era que cada vez mais ia se sentindo à vontade, ao contrário de Nestor, que, inexplicavelmente, ia ficando inseguro e retraído. Afinal, acostumara-se a impressionar as moças com seu erudito saber sobre vinhos, safras e vinícolas, e agora nada parecia dar certo.

Mas Samantha era simples, divertida e tinha interesse em agradá-lo, e assim, aos poucos, com a bebida fazendo efeito, a luz bruxuleante do recinto, a música ao fundo — uma espécie de Vivaldi e suas estações no sintetizador *moog* —, o casal ia se soltando e se conhecendo devidamente. Mas havia um certo fantasma entre eles:

— Você tem certeza de que o Paulão não sabe do nosso encontro?

— Claro.

— Seria melhor mantermos o nosso segredinho. Ninguém precisa mesmo saber.

— Sem dúvida.

Samantha se distrai com uma reprodução de Picasso, comenta e Nestor faz, ou melhor, comete a fatídica piada, do trocadilho com o nome do pintor. Samantha tenta forçar uma risada, mas não obtém êxito. Nestor percebe e muda ligeiro de assunto:

— E o Paulão, o que você sente realmente por ele?

— Sabe que eu não sei?

— Olha, não me entenda mal, mas acho que você deveria saber mais sobre ele.

— Como assim?

Nestor tinha todo o interesse em afastar Paulão de cena. Usaria a tática da intriga disfarçada em boas intenções.

OS ATALHOS DE SAMANTA

Estava disposto a fazer qualquer coisa para alcançar seu objetivo, que era entrar na vida de Samantha. Os fins justificando os meios e os possíveis atalhos. E o meio que ele encontrou foi falar que conhecera Paulo Roberto havia muito tempo, numa época em que os dois consumiam drogas. De sua parte, garantiu que sempre usara mais por curiosidade, pois sabia que nunca iria ficar viciado. Podia tomar seus porres, fumar unzinho, dar umas cafungadas, mas nunca se tornar um dependente. Já não podia falar a mesma coisa do Paulão. Desde o começo era Paulão que ia atrás da droga, subia morro, despistava polícia, tentava se aproximar dos traficantes, em suma, um comportamento definido, um perfil de dependência e marginalidade mais que evidente. Até hoje é assim. Todo mundo no mercado sabia — o que era péssimo, porque poderiam confundir e associar o nome dela ao de Paulão, prejudicando certamente a sua carreira.

Nesse ponto Samantha é tomada por natural curiosidade e, mesmo assustada com o que poderia ouvir, pede por mais detalhes. Nestor vai contando as histórias, denegrindo o que ainda restava para denegrir da imagem do coitado, pintando um quadro irreversível e ligando em definitivo o nome de Paulo Roberto Azambuja Lemos às drogas, ao tráfico e ao conseqüente destino trágico. Samantha, mostrando ares de surpresa, algum apavoramento e incentivada pelo vinho, assegurou-lhe que terminaria o relacionamento com aquele meliante. Não pela carreira, mas por não querer se envolver com uma pessoa daquele nível. Tinha um nome limpo, todo mundo a conhecia em Santa Teresa, vinha de família honesta, um passado acima de qualquer suspeita. Onde já se viu, de caso com um tipo como aquele, isso não...

O fantasma, temporariamente, ficara sob controle. Pelo menos naquela noite, definitivamente neutralizado.

XI

Na verdade, Samantha sempre soubera que Paulão mexia com drogas. Ela mesma era usuária. Apesar de não ser fissurada, fazia isso com uma certa freqüência. Todos na noite, de uma forma ou de outra, lidavam com aquilo. Lógico que não seria isso que a faria tentar se afastar de Paulão. Mas a desculpa era providencial e ela aproveitaria.

E o jantar foi seguindo, sempre com a mesma tônica cansativa, quase uma ladainha de lado a lado. Enquanto Nestor falava dele mesmo e de sexo, não necessariamente nessa ordem de importância e relevo, ela falava da sua tão promissora carreira de cantora e da possibilidade de gravar o primeiro disco. Ambos concordavam com tudo, assentiam em tudo, e acordavam promessas que todos sabemos quase improváveis, senão impossíveis. Mas que, de tão urgentes, se fazem críveis graças ao imediatismo dos necessitados.

— Sabe, não é porque você é chefão de gravadora que eu estou me sentindo atraída. Você vai me conhecer melhor e saber que eu não sou de fazer esse tipo de jogo...

— Também acho que você tem um baita futuro na música. Nem me passa pela cabeça aproveitar a situação. Longe disso. As coisas têm de acontecer naturalmente.

E as coisas iam acontecendo nem tão naturalmente assim. Para Samantha o problema era mais semântico: afinal, entre um parceiro sexual sarado e um tarado ia uma longa distância, bem maior do que representava uma simples letra. Nestor pediu a conta e sugeriu uma esticada num lugar mais tranqüilo, onde pudessem ficar mais à vontade...

Sua vontade era mostrada de forma clara, quase nas fuças. Seja pelo tom de voz, seja pelo jeito sequioso de olhar para o decote dela quase babando. A idéia era um motel, não havia mais dúvidas.

E o decote de Samantha fora prévia e estrategicamente calculado. Não fora à toa.

A hora era de decisões. Francamente, ela preferiria um novo encontro, algo que deixasse bem claro que ela não seria uma presa fácil. Mas a competitividade do mercado era extrema. A cada dia surgia uma nova cantora, uma nova promessa de sucessora de Elis. Ela teria de agir depressa, mesmo expondo, a contragosto, alguma vulnerabilidade. Desconversou, fez charme, fingiu que não estava entendendo o que era ali tão patente, enfeitou e valorizou ainda o que restava, mas consentiu. Ou, num linguajar mais apropriado àquela noite, topou. E seja o que Deus quiser!

XII

Deus bem que tentou ajudar, mas os caminhos começaram a se estreitar e os iniciais atalhos se fizeram vislumbrar. O motel era chique e a fachada, imponente. Se bem que àquela altura pouco importavam as fachadas. Bêbados e entregues à mútua missão de satisfazerem seus planos e anseios, locupletavam-se: ele sonhava aquela noite com sexo rasgado e ela, seu futuro com o disco.

Tentando parecer mais do que poderia, como era de seu feitio nessas horas ante-sexuais, Nestor pede, pelo telefone do quarto, uma garrafa de Prosecco com safra e origem específicas, balde de gelo, taças de cristal, água Perrier, uva moscatel, uma tábua de queijos e frios, mas que não faltasse confiture de damasco e tomates secos italianos. Ah, e não se esqueçam das trufas!

Samantha, espantada, não consegue entender o motivo ou a importância das trufas. Isso lá era hora de trufas?

Tudo para tentar impressioná-la mais uma vez. Como se já não houvesse bastado o recente episódio da exibição de sapiência em enologia. Samantha não era sugestionável em relação a esses detalhes. Gostava de cama, sexo repetido e suado. Qualidade e quantidade. E isso ela deixara claro durante o jantar, quando falara, em entrelinhas mais que diretas, de seu passado com Paulão e de suas proezas sexuais. Com Paulão era assim, nenhuma técnica ou mágica: só a repetição exaustiva dos movimentos penianos de ida e volta. Incessantes e ritmados. Podia até ser exagero, mas soara a provocação e deixara Nestor irritado:

— Minha querida, eu não faço o tipo ginasta sexual. Tenho mais requinte e know-how. O que mais prezo é o improviso no sexo...

Samantha começou a suspeitar que aqueles know-how e improviso se afiguravam a impotências anunciadas. Havia alguma coisa estranha com ele, e ela já havia percebido.

Começaram as preliminares. Samantha ainda não tinha entendido bem a função das trufas. Estava mais preocupada com a camisinha. Havia esquecido ou, melhor, não havia planejado acabar a noite daquela forma.

— Meu bem, você pediu a camisinha?
— Pode deixar, Samantha, não esquenta com isso...
— Como assim? Sem protetor eu não transo!
— Confia em mim, amor. Não vamos precisar...

Pronto. Improvisos sexuais, trufas, Prosecco no balde, uvas e damascos, tomates secos, know-how sexual, onde isso ia culminar? Samantha começou a reavaliar a possibilidade de gravar o primeiro disco. O preço poderia sair caro demais.

OS ATALHOS DE SAMANTA

Mas Nestor é mais rápido. Apaga as luzes, sintoniza uma música adequada, abre a garrafa de Prosecco e a convida para deitar e fechar os olhos. Lentamente, começa a derramar a bebida pelo corpo de Samantha.

— O que você está fazendo, Nestor? Vai me molhar toda com isso.

— Não, é só aqui, no umbiguinho, descendo. Deixa, vai...

Samantha deixa. Relaxa e, na música de fundo, um Zeca Baleiro romântico e triste. As coisas pareciam estar melhorando...

XIII

Atalho. *Via de entrada em um sistema; porta de entrada [no sistema Windows pode ser feito por teclado ou por ícones].* (Dicionário de informática)

www.atalhodoprazer1.kit.net. *Fotos eróticas de louras, mulatas, morenas, bundas,* hard *vaginal, grupal, anal, oral, bizarro, gozadas, amadoras, flagras e lésbicas.* (Site pornô na internet)

A SENSAÇÃO DO PROSECCO GELADO ENTRE AS PERNAS, em contraste com a língua quente dele, agradava mais que incomodava.

Samantha começa a sentir cócegas e tem vontade de rir. Nestor percebe e acelera a língua e a cascata do espumante. Ela não consegue mais controlar as risadas. Pede para ele parar senão vai se urinar de tanto rir. É nesse instante que

Nestor pára, transforma o semblante, dá um longo beijo em sua boca, toma fôlego e pede, categórico e mais cretino do que nunca, o que mais queria pedir e tanto temia não ter oportunidade ou coragem:

— Mija em cima de mim, queridinha. Faz xixizinho, vai. Quero beber teu mijo quente como champanha. Vem...

Desde aquela noite em Santa Teresa, no show de Samantha Gregory, que ele não tirava da cabeça a imagem dela mijando no palco, doidona, no fim do agudo mais extenso. Confessara a ela a fantasia sexual, seu mais precioso fetiche. Nunca antes tinha experimentado, mas sentia uma total empatia por ela. Pelo mijo dela.

E agora, Samantha?

— Mas, Nestor, que idéia mais maluca. Você quer que eu faça xixi na sua cara?

Ela já tinha ouvido falar desse tipo de tara, mas nunca se imaginara em ação, nem ao menos vira um vídeo com cenas assim. Qual seria a técnica? Urinar com força o tempo todo ou ir aos poucos, com pequenos esguichos? Achou melhor ganhar tempo. Pediu para ir ao banheiro, prometendo que voltaria para realizar a missão.

Nestor podia estar bem bêbado, mas ainda raciocinava. Sabia que, se ela parasse para pensar, as chances seriam quase nulas. Decidido, naquela de agora ou nunca, segura-a firme pela cintura, implora pela bênção daquela relação, o jorro que traduziria a nova união, o batismo de fogo underground do casal moderno e ainda outros discursos, imprecações ou rogos que não valem o registro. O que importou, ou, melhor, o fator decisivo que levou Samantha a dirimir de uma vez qualquer dúvida ou pudor, foi quando ele,

OS ATALHOS DE SAMANTA

em desespero de causa, apelou para o "é dando que se recebe" — no caso, é mijando que se recebe:

— Vem, minha nova Adriana Calcanhotto, mija tudo em mim! Vamos celebrar esta loucura e brindar ao seu primeiro disco, ao seu primeiro sucesso! Tintim ao seu xixizinho lindo...

— Jura? Se eu fizer xixi você garante a gravação do meu disco?

— Claro, benzinho, um disco com tudo a que você tem direito e merece! Mas vamos logo com esse xixi de ouro, solta tudo em mim...

Em troca de gravar o primeiro disco, Samantha Gregory faria muito mais coisas que um mero xixi na cara de qualquer desavisado. Mas deixemos de lado as possibilidades e tratemos da realidade. Samantha urinou com tanta vontade e animação que Nestor acabou engolindo sem querer uns respingos e engasgando. Pior para ele e seu fetiche. Perderam a excitação e a luxúria, ganharam a amizade e a comédia. Ambos gargalharam como há muito não conseguiam. Era xixi, Prosecco, tomates secos e trufas por todo o quarto. Uma farra memorável e de difícil credibilidade. Quem iria acreditar naquele festival gastronômico-sexual, regado a uretras incontidas e outras amotinações menos graves? E para quem contar tais amedrontamentos e afrontas ao preestabelecido? O certo era que Samantha e Nestor, a partir daquela noite, ficariam mais amigos, mais íntimos e, acima de tudo, mais cúmplices.

XIV

PAULÃO, DESDE O INÍCIO, FICARA DESCONFIADO. PRESsentira alguma coisa fora dos eixos e padrões quando Nestor lhe pedira para falar diretamente com Samantha. O contato era ele, por que Nestor estava passando por cima dele? Também estava sentindo Samantha mudada. Fria e distante, sempre com esquivas para evitar sair com ele. Por isso decidira forçar a situação. Teriam de se encontrar para esclarecer todos esses pontos enevoados. E que ela não viesse com desculpas e adiamentos.

Samantha não podia mais estender a questão. Sua dúvida era se simplesmente terminava tudo com ele, sem maiores explicações, ou se mantinha o relacionamento com um pouco mais de distanciamento, algo como uma amizade com sexo esporádico. Optou por decidir quando estivesse cara a cara com ele, conforme se manifestasse sua velha e certeira intuição.

Marcaram encontro no bar do baixo Santa Teresa, que costumavam freqüentar nos bons tempos. A pedido dele.

Samantha botou vestido estampado — com direito a abertura de decote a la diva de Nélson Rodrigues —, perfume patchuli, que uma amiga trouxera de Belém, sandália de couro e uma echarpe de sua mãe, que era para dar um certo tom chique. Paulão foi como de hábito: calça jeans, camisa discreta dobrada na manga e sem perfume, porque tinha alergia. Como maior novidade, dinheiro no bolso e uma cara mais amarrada que de costume.

Começaram a conversar, no início algo contraídos, na retranca, sem querer mostrar o jogo. Com algumas cervejas, já mais animados, recordaram alguns bons momentos. Uma conversa nostálgica que sempre costumava agradar a Samantha. Mas não era proposital por parte de Paulão. Ele também estava com saudades. Os dois já tinham um passado. Acertaram então suas diferenças. Paulão ficou satisfeito com a desculpa de ela ter de agradar o Nestor por puro interesse, mas não aceitou muito bem o fato de ele ter de ficar afastado nesse momento. Samantha prometeu-lhe que assim que gravasse o tal disco, e começassem a divulgação e os shows, é claro que ele voltaria ao time. Ela nunca iria se esquecer de tudo que ele havia feito, mas avisou que mudaria de nome. Já estava cheia daquele Samantha Gregory cafona. Não tinha nada a ver com ela. Decepcionado, Paulão ainda tentou argumentar que muita gente já a conhecia por esse nome e que uma mudança, agora, poderia atrapalhar. Mas Samantha foi categórica e definitiva: danem-se! Samanta com agá e Gregory, nunca mais!

OS ATALHOS DE SAMANTA

Fim de noite, acabaram num motel barato, sem trufas ou Prosecco, e fazendo um sexo simples e suado, com bexigas calmas e comportadas.

Um detalhe, no entanto, não passara despercebido por ela. Durante boa parte do sexo, lembrava de Nestor e do prazer novo e inusitado, urinando no rosto dele. Relembrava e saboreava as cenas, e se sentia encabulada com a forte possibilidade de querer repetir aquelas taras. Paulão não notara nenhuma diferença e mantivera seu serviço sexual de sempre. Ela não queria admitir, mas nessa noite sentira menos prazer com ele. Tanto que se esforçou bastante para gozar. Só conseguiu o orgasmo quando fechou os olhos e imaginou mais uma sacanagem infame que poderia ainda fazer com o Nestor. Estava se sentindo deliciosamente abjeta e patológica.

XV

Por sugestão de Nestor, tudo o que se relacionasse com Samantha Gregory deveria ficar para trás. De agora em diante seria Sam Gregório. Bem mais musical e com mais brasilidade. Samantha era nome de puta, ele vivia falando, sem se importar que a pudesse estar ofendendo ou magoando. Está bem que Samanta com agá e Gregório em inglês foram idéias infelizes, mas havia uma grande distância de ficar alardeando, falando na frente de todo mundo que Samantha era nome de puta. Uma ofensa que ela não iria deixar barato. Mas naquele instante de vida ela se encontrava impedida de manifestar suas contrariedades. Era só sorriso e puxa-saquismo, e não seria pela escolha do pseudônimo que iria se deixar trair.

A mãe de Samanta, dona Glenda Gregório, de tradicional família carioca da classe média, casara apaixonada, mudara-se para apartamento próprio em Santa Teresa, mas só tivera Samanta quando o casamento já começava a dar indícios de pouca longevidade. A menina nasceu em meio a discussões e rusgas do casal. Apesar de tudo, bem-vinda. Sempre sorrindo, magricela de bochechas rosadas e lourinhos cabelos cacheados, recebeu o nome em homenagem ao seriado *Bewitched* — aqui intitulado *A Feiticeira* —, protagonizado pela simpática e sensual atriz Elizabeth Montgomery, que interpretava a personagem Samantha Stevens.

O mais burlesco e cômico era que dona Glenda, de tão obcecada pela tal feiticeira, começou a ensinar a filha a torcer o narizinho para enfeitiçar as pessoas, igual à personagem do seriado.

No início todos pensavam tratar-se de mais uma brincadeira idiota, mas com o passar do tempo aquilo tomava ares de coisa mais séria. Tanto que o pediatra acusou desvio do septo nasal na menina. Foi o estopim. O pai de Samanta, o velho Silva, que já vinha desconfiando do pouco juízo da esposa, andava ávido para encontrar motivos para novas brigas.

— Você está louca, mulher? Onde já se viu ficar torcendo o nariz da garota?

— Não se meta, Silva. Eu sei o que faço.

— A única bruxa aqui de casa é você, Glenda. Além de bruxa, maluca.

— Você sabe quantos Silvas têm no Brasil? Silva é o nome mais vulgar que existe. Aliás, você combina em tudo com esse seu nome chulé.

— Se continuar com essa mania de mexer no nariz da Samanta, vou internar você.

OS ATALHOS DE SAMANTA

— Vai, Silva? Antes eu jogo água fervendo nos seus ouvidos, quando você estiver dormindo! Dormindo não, roncando feito porco, que é o que você mais sabe fazer.

Não se sabe se por vontade antiga, se com o intuito de fazer tratamento para parar de roncar, ou ainda pelo pavor de morrer com água fervente no ouvido, a questão foi que Silva, naquela mesma noite, saiu de casa.

A separação veio a seguir, com disputa de guarda, discussão de pensão alimentícia e outras baixezas à luz das leis.

Dona Glenda ficou com a guarda e com a pensão, prometendo perante o juiz que não mais torceria o nariz da criança, sob pena de perder a guarda legal. O seu Silva, conformado, acabou casando de novo e atrasando poucas pensões. Teve um menino, mudou-se para São Paulo e, com o tempo, se afastou da filha.

Samanta quase não lembrava mais do pai, e nunca levara muito a sério a incrível história das torções de nariz. Como a mãe sempre negasse, concluiu ser mais uma invencionice do pai, razão de tantas brigas de sua mãe com ele. Mas o fato era que sofria realmente de desvio de septo. Vivia preocupada com as possíveis conseqüências ou limitações na sua voz de cantora emergente. Contudo, conhecia muitíssimo bem a curiosa origem do seu nome de batismo e, sempre que podia, revia na tevê o seriado. Inclusive se achava mesmo parecida com a atriz. Era, portanto, de nobre estirpe o seu nome. Pertencia ao grupo seleto das mulheres de exceção: feiticeiras, adivinhas, bruxas, mas nunca prostitutas. Samanta, nome de puta? Pois sim... Nestor haveria de pagar caro por aquela heresia.

XVI

O REPERTÓRIO DO DISCO DE SAM GREGÓRIO, EX-Samantha Gregory, seria escolhido pelo próprio Nestor. O pessoal da multinacional estranhava tanta atenção dedicada a uma cantora tão desconhecida, tão comum, tão desenxabida. Mas era a tal história do jabuti em cima da árvore: o jabuti estava em cima da árvore e todo mundo sabia que jabuti não podia subir em árvores. Alguém com muita autoridade tinha botado o jabuti lá em cima. Era bom não mexer com ele, porque jabuti não sobe sozinho em árvore. E quem colocara o jabuti era o todo-poderoso dr. Nestor Maurício. E ninguém iria mexer com Sam Gregório, a cantora-jabuti.

O comentário era que ele estava exagerando; afinal, para uma cantora assim medíocre, assim anônima, assim ordinária, era muita bola. Mas dr. Nestor não pensava dessa forma. Imaginava o tremendo sucesso que não seria a sua pupila cantando e urinando pelos palcos e tevês do país. Uma moda que seria inaugurada e logo imitada. Ele possuía o dom para antever as coisas.

E tome afagos e desvelos com Samanta, sua queridinha Sam, mais conhecida pela turma da multinacional pela alcunha de Jabuti.

Uma vez Samanta, por um descuido alheio, acabou ouvindo alguém chamá-la pelo nome e pelo apelido de Jabuti. Achou curioso e logo lembrou da grande Ângela Maria, a Sapoti. Haveria de ser por boas razões tal coincidência. Ela também tinha bela voz. Até simpatizou com a idéia. Só queria saber o porquê do simpático apelido. Seria pela aparência? Não se achava parecida com um jabuti. Talvez fosse pelo seu jeito calmo e tranqüilo. É claro que ninguém quis explicar. Disseram que era engano, Jabuti era outra pessoa.

Samanta nunca desconfiou de nada. Supunha que todos ali gostassem dela. Acabou esquecendo do assunto.

Na ânsia de resolver o repertório do disco e arregimentar os instrumentistas e demais técnicos, Nestor demorou a perceber que a protegida não primava pelo bom gosto na escolha das vestimentas. Sua aparência era até simpática. Jeito de neo-hippie limpinha, cabelos propositadamente desarrumados, lábios sempre sem batom, pouca maquiagem, enfim, um descuido que mostrava certa coerência: sua maior beleza era a naturalidade. Ele teria de interferir, com certa urgência:

— Precisamos cuidar melhor do seu vestuário, Sam. Você precisa mudar o figurino. Vou chamar um estilista para cuidar disso.

— Um estilista, nossa! Mas eu gosto tanto desse meu estilo...

OS ATALHOS DE SAMANTA

— Eu sei, meu bem, mas precisamos de um profissional. Quem sabe mudar o cabelo?

— Posso até dar um corte, mas não vou pintar meu cabelo. Adoro ser loura. Posso clarear ou escurecer, mas loura...

Embora um tanto preocupado e temendo a inevitável associação que comumente se faziam às louras, Nestor, mesmo ressabiado, assentiu:

— Tá bom, madame. Você continua loura...

A promoter cultural Ziza Mezzano e o figurinista Kiko Martini foram contratados pela multinacional para cuidar da nova imagem de Sam Gregório, a jabuti loura de Santa Teresa, filha de dona Glenda e de seu Silva, ex-Paulão e agora — protegida pelo dr. Nestor Maurício — a mais nova estrela da casa.

XVII

Q UANDO SAMANTA FOI APRESENTADA A ZIZA, NÃO CONseguiu disfarçar certo espanto com a aparência andrógina e extravagante da promoter. Cabelos cortados a la garçon, palidez cultivada sob as sombras e à custa de uma pequena fortuna em protetores solares, Ziza se vestia com modelos circunspectos, de décadas passadas, fazendo lembrar um misto de Emily Dickinson e Virginia Woolf. Tinha voz grave, buço fino no canto dos lábios, óculos de grau em aros de tartaruga, mas mantinha sempre gestos calmos e, contraditoriamente, bem femininos. Notava-se nela uma quase tendência à quietude e à delicadeza. À primeira vista ficava difícil dizer se tudo era natural-esquisito ou profissional-estudado.

 Ziza Mezzano podia se considerar uma vitoriosa em sua específica área de atuação. Perfeccionista, era acometida de necessidades imperiosas de colocar tudo em ordem, às vezes de forma compulsiva. Conhecia as esquinas e os percalços do mercado, todas as agendas de interesse e sabia de cor os atalhos para o sucesso. Qualquer evento que promovesse ficava concorrido. Era gente do meio, gente estranha, famosos, políticos de escalões, starlets generosas, modelos profissionais, amadores ou televisivos, picaretas, enfim, toda a fauna arrivista de convidados e figurações da mídia e da badalação.

Samanta, que já ouvira falar dela, ficou lisonjeada e animou-se em saber que ela é que iria cuidar de sua carreira.

Mas havia um detalhe, um pormenor maior que se insurgia entre as duas: as mais que manifestas preferências sexuais divergentes. E o pior era que Samanta não conseguia admitir simpatia com o sexo entre iguais. Como Tim Maia na canção, podia valer tudo, menos homossexualismo. Talvez fosse algum trauma... E Ziza a deixava amedrontada. E quem tem medo...

— Sabe, Ziza, acho você um barato e quero respeitar suas posições ou escolhas, sejam quais forem, mas é que eu tenho, vamos dizer, esse bloqueio...

— Aonde você quer chegar?

— É coisa minha, sei lá, mas não sou muito aberta a todo tipo de modernidade, sou meio antiga e careta para certas coisas...

— Por que você não é direta?

— É que eu não transo mulher.

— E eu com isso?

— Nada, é que eu pensei...

— Se você quer ser uma cantora, Samanta, vai ter de mudar de cabeça. Artista não pode ficar preso a preconceitos. Não aceitar homossexualismo feminino, ainda mais querendo ser cantora de MPB, vai ser complicado.

OS ATALHOS DE SAMANTA

— Não vou forçar nada. Só quero ser cantora, gravar meus discos, fazer sucesso, viver de música. Sexo é outro departamento.
— Pode fingir.
— Fingir?
— É isso mesmo. Provocar suspense. As pessoas podem e devem imaginar o que bem quiserem. Ou mal quiserem, tanto faz...
— Como assim?
— Não precisa transar com ninguém se não quiser. Mas deixa rolar umas cenas: beijinho na boca, um abraço mais demorado, umas deixas que ama fulana, ama sicrana... Quanto mais dúbio, melhor. Todas agem assim, e nem metade é homossexual.
— Você gosta de homem, Ziza?
— De alguns eu gosto. Também não sou misógina. Mas minha praia sexual não vem ao caso, eu não quero ser cantora e gravar um disco.

Samanta não sabia o significado de misógino e também achou melhor não perguntar. Ziza mostrava um conhecimento de causa imoderado. Ela já sabia dos boatos que afirmavam que, no meio da cantoria e notadamente no campo feminino, o lesbianismo grassava. Decidiu então acatar o empirismo categórico de Ziza Mezzano. Daria, pois, vazão à sua veia de atriz. Adotaria o modelo lesbian-chic e não teria grandes dificuldades em fingir-se mais um sapatão na praça. Era moda.

XVIII

BALZAC — RESPONSÁVEL DIRETO PELA FAMA DE ARDIlosas das mulheres ditas balzaquianas — afirmava que se deve deixar a vaidade aos que não têm outra coisa para exibir.
Era, portanto, chegada a hora de tratar das aparências. Aquelas que enganam, como referendado na música gravada por Elis, de Tunai e Sérgio Natureza. Era hora do figurino mais adequado, o tão propalado physique du rôle.
Kiko Martini já fora cenógrafo badalado, desenhista de moda e costureiro frustrado. Artista plástico nas horas vagas, com especialidade em retratar marinas e temas do gênero, encontrara no meio musical um campo fértil para suas bolações. E, de fato, com o tempo, passou a ser um expert de modelitos de palco.
Era do tipo sincero, das verdades sem meias palavras, gay assumido e bem-humorado a maior parte do tempo. De quando em vez, deixava-se vencer pela depressão, compa-

nheira constante, e então todos os seus figurinos adquiriam a predominância dos tons e sobretons de cinza. Era a chamada fase gris. Sentia-se, nesses momentos, como se estivesse sendo privado de algo, numa espécie de síndrome de auto-abstinência forçada pelo mundo à sua volta. Ele próprio escondia-se nessas horas, quando, brincando, dizia estar vivendo sua tensão pré-menstrual. Fazia análise há quase dois anos e recusava-se a aceitar qualquer referência, nas sessões, sobre a possibilidade de se tornar um paranóico exemplar.

De uma teimosia irremediável, justificava suas birras por ser capricorniano de signo solar e ascendente, e assim ia culpando os astros. Quando cismava, achava que tinha mais razão do que a maioria das pessoas. E nada mais perigoso que a certeza de se ter razão.

Nos momentos inseguros ou mais adversos, para impressionar, dizia-se um perito na obra e genialidade pictóricas de Paul Cèzanne, e só ouvia música erudita na Rádio MEC. Mas não era verdadeiramente um esnobe; pelo contrário, tendia ao popular. Talvez residisse aí o segredo da maioria das suas vitórias e acertos: ser comunicativo com uma pseudoclasse peculiar.

E Martini logo iria conquistar a confiança de Samanta. Tudo o que ele falava, comentava ou indicava era aceito quase que imediatamente por ela, que se sentia confortável e segura a seu lado. Para tudo ela preferia ouvir a opinião dele, que caprichava nos modelos e dicas para a cantora:

— Este vai realçar seu colo. Os homens adoram esses seios nem grandes nem pequenos. Como dois pêssegos maduros, prontos para serem colhidos...

OS ATALHOS DE SAMANTA

— Você acha mesmo, Kiko?

— Claro, Samantinha, vai por mim. Agora, este salto para valorizar um pouco mais seu bumbum. Afinal, a bunda é ou não o maior marketing do país?

— Minha bunda é tão chocha...

— É melhor que nenhuma. Vamos ao batom, que tem de ser vermelho-carmim. Marisa Monte é pouco. Tem de parecer uma boca sangrando, carne viva!

— Nossa, Kiko, você tem certeza? Não tá muito over?

Davam-se bem e melhor a cada dia. Passaram a trocar algumas confidências. Ela ficou sabendo, por exemplo, que ele era apaixonado por um pizzaiolo de franquia. Um caso não-correspondido e quase platônico. Mas vivia tentando. Não saía da loja, e havia engordado uns quatro quilos de tanto comer pizza. O rapaz havia ameaçado dar uns tapões nele. Que parasse com aquele assédio, que todo mundo ali já havia notado. Pegava mal para ele.

Mas Kiko Martini não era homossexual de desistir facilmente. E Samanta o encorajava, acompanhando-o nas degustações de pizzas mal-intencionadas.

Os dois conversavam sobre tudo. Ele também ficou sabendo intimidades da vida de Samanta. Como o caso secreto que ela mantinha com Nestor. Era para ser absoluto segredo. Ela contara alguns detalhes, mas omitira a prática do sexo mictórico. Tinha vergonha.

O assunto predileto de ambos era Ziza Mezzano. Martini soube que ela falara para Samanta se fingir de lésbica. Ele, inclusive, achara ótima a idéia. Comentaram o jeitão másculo de Ziza e concordaram que era uma não-assumida. Mas tiveram de aceitar o fato de ela, até então, ainda não ter sido vista com ninguém. Era comedida e prudente ao máximo. E discretíssima, sem dúvida.

    Sempre que acontecia algo de novo eles trocavam figurinhas. Íntimos e confabuladores da vida e dos problemas próprios e alheios, Samanta e Kiko Martini se tornaram unha e carne.

XIX

Q UANDO SAMANTA CONFESSOU A KIKO SEU CASO COM Nestor, pedindo sigilo total, ele, a princípio, quis logo lhe dizer que todo mundo já sabia e comentava. Na maioria das vezes, pejorativamente. Mas achou melhor omitir o fato para não magoar a menina. Já estava por demais apegado a ela.

No fundo, torcia por seu sucesso, apesar da quase certeza de que Nestor, na hora exata, fosse deixá-la a ver navios, como já havia feito antes com tantas. Mas alimentava esperanças de ela acontecer como cantora, embora não soubesse explicar por quê. De certa forma, acreditava no carisma da total ausência de carisma da moça. Isso deveria contar.

Samanta cantava direitinho o feijão-com-arroz, era afinada, tinha forte presença e apelo no palco, além de uma ingenuidade santa.

A verdade era que Kiko se tornara um forte aliado. Sempre que podia ou a ocasião permitia, cutucava e cobrava de

Nestor o trato sub-reptício: que comesse a mocinha, tudo bem, desde que pagasse as contas. E o pagamento combinado era a gravação do disco.

Ziza Mezzano também havia simpatizado com Samanta. Diferentemente de Kiko, ela não acreditava em milagres. Estava convencida de que seria mais uma cretinice do chefe. Mais uma que Nestor acenava com promessas e acabava em nada. Mesmo assim, ia cumprindo à risca o determinado: manter contatos, montar um showcase, preparar releases, conversar com os amigos jornalistas e cuidar para que alguma notinha saísse na mídia escrita. E nisso Ziza Mezzano era boa. E também não custava nada ajudar a mais nova incauta sonhadora que caía nas manhas do sátiro Nestor. Ziza Mezzano, além de nunca se envolver, costumava não acreditar mais nos homens — e tinha seus motivos.

A temporada era de investimentos cautelosos e mercados oscilantes. Tudo poderia acontecer, inclusive o estupendo sucesso de uma cantora estreante. Mas cautela, água benta e contenção de despesas eram aconselhamentos indicados.

Cuidados com a aparência e acessórios providenciados por Kiko Martini, figurinista de renome, primeiros contatos com a imprensa especializada agendados por Ziza Mezzano, divulgadora das mais competentes, era chegada a hora de cuidar efetivamente do disco.

Nestor ficara de procurar parceiros e compositores para formar o repertório. Precisavam de um grande nome que pudesse ceder uma canção inédita. Mas, mesmo com prestígio no mercado fonográfico, ele sentia enormes dificuldades e alguma rejeição. Sam não tinha nome nem era filha de nenhuma cantora famosa, não impressionava ninguém e estava longe de ser uma intérprete de exceção; de excepcional mesmo só a particularidade de cantar e urinar no palco. E Nestor não podia ficar apregoando seu fetiche aos quatro ventos. Queria guardar esse segredo na manga do paletó para ser usado na hora certa.

Então Nestor convida Samanta para um jantarzinho, a fim de acertarem alguns detalhes. Queria evitar um lugar público, para se precaver de comentários e de exposição em demasia. Combinaram pular o restaurante e ir direto a um motel.

Samanta pressentia novidades...

XX

Atalhar. [*verbo intransitivo*]: *tomar por um atalho para encurtar o caminho.* (Dicionário de verbos)

NA VÉSPERA DO NOVO ENCONTRO COM NESTOR, SAMANTA atendeu ao telefonema de Paulão. Ele pedia explicações, por onde ela se metera, detalhes de sua vida, o que estava acontecendo e por que tanto tempo sem responder aos vários recados deixados na secretária eletrônica. Samanta dá desculpas, esquivas e mostra seu lado ansioso e impaciente. Que ele esperasse quieto. Estava fazendo tudo como haviam combinado. Ia levar o Nestor no bico para poderem gravar o disco. Paulão não gostou do seu jeito de falar. Não iria aceitar aquelas justificativas e, irritado, deixou claro que não estava se sentindo nada confortável com toda aquela história. Não era palhaço. Ameaçou ligar para o Nestor. Samanta ficou possessa. Que ele não fizesse aquilo de forma nenhuma. Ia colocar tudo a perder, depois de tanto sacrifício, e era ela que estava se sacrificando! Que esperasse e pronto. Paulão desligou, mas não sem antes avisar que, dali para a frente, queria ter acesso a todos os passos, caso contrário iria tomar suas atitudes. E ela sabia muito bem que as atitudes de Paulão não costumavam ser magnânimas nem primavam pela distinção. Ia jogar bosta para todo lado.

Samanta chegou à conclusão de que, mais cedo do que supunha, tinha de descobrir uma maneira de tirar Paulão de sua vida. Mas agora, seu principal foco de atenção estava dirigido para Nestor Maurício e o novo enfrentamento erótico.

Nestor era em tudo diferente de Paulão. Tratava-a como uma princesa, cumulando-a de mimos e favores.

No fundo, sonhava em ser tratada como uma Bethânia. Mais do que a arte de cantar, as benesses e os aprazimentos da fama. E quem já não perpetrou ilusões no divagar das doces fantasias da ambição?

Com Nestor era assim, sentia-se diva. Mas havia um detalhe que não cessava de incomodar. Não o agüentava mais no aspecto físico, sexual mesmo. Estava quase insuportável para ela continuar mijando no amante. Sentia-se ridícula como uma incontinente urinária do sexo. Admitia a falta de uma relação calma e normal como era com o Paulão. Mas tudo faria para salvar a carreira. Se para gravar seu disco ela tivesse de fazer sexo com estranhezas, ela o faria, sem remorsos ou pudicícias. Tudo pela música. E justificava para a sua frágil consciência:

— Assim que terminar de gravar o disco eu dou um pontapé na bunda dele!

OS ATALHOS DE SAMANTA

Escolhera o atalho como único caminho para abreviar a tortura da busca pelo reconhecimento e sucesso numa carreira cada vez mais competitiva. As crianças de hoje pareciam já nascer artistas. Eram atrizes mirins, modelos precoces ou cantoras vocacionais. Principalmente cantoras. Uma praga.

XXI

Atalho do prazer. *Um mundo de fantasias dentro do seu computador.* (Portal da internet http://www.atalhodoprazer.hpg.com/br)

NAQUELA NOITE NO MOTEL, COMO QUE ADIVINHANDO os pensamentos dela, Nestor não lhe pediu que mijasse em suas partes. Também sentia um indisfarçável enfado. Queria coisas novas e mais excitantes.

Nessa hora Samanta se arrependeu profundamente de ter reclamado da vida. Que permanecesse daquela forma — com ela urinando nele — sua depravada privada sexual. E se ele agora lhe pedisse o inverso? De jeito nenhum. Preferiu logo avisar: não se atreva a querer fazer xixi em mim!

Nestor fez cara de enigmas e começou a abrir a garrafa de Prosecco que havia pedido. Deu o sorriso preferido, pronto para fazer do suspense sua arma mais atuante. Perturbada e aflita, Samanta voltou a alertar:

— Vou logo avisando: mijar em mim, nem pensar!
Aos poucos ela foi se acalmando e escutando os novos planos sexuais do esdrúxulo parceiro. Então Nestor iniciou uma conversa, com conotações didáticas, sobre os pilares do sexo. Samanta não queria nem saber e ficou aterrorizada com aqueles tais pilares ou que diabos pudessem significar. Mas ele, pausada e cinicamente, prosseguiu com sua conversa fiada. Dissertou sobre alguns aspectos do *Kama Sutra* que nunca tinham sido devidamente interpretados e apresentou a Samanta o que chamava de legítimos pensadores da alcova — os autênticos filósofos do delírio. Chegou ao velho e insidioso Marquês de Sade. Citou o livro *A filosofia na alcova* como obra obrigatória. Falou da vida conturbada de Leopold von Sacher-Masoch, sacana pensador austríaco, inspirador do masoquismo, que venerava o prazer no sofrimento, e prosseguiria sua exposição picante e maldizente se não fosse interrompido por ela:

— Vem cá, aonde você quer chegar?
— Ao prazer pela busca da purgação!

Samanta não sabia o que dizer. Será que ele acreditava que iria purgar com ela? Pensou em pus. Que nojeira mais ele inventaria? E como seria purgar com alguém? Ela nunca havia purgado com ninguém...

Como ela mantivesse uma feição meio alheia, quase beirando a catatonia, ele resolveu fornecer alguns pormenores:

— Punição, minha cara. Quero que você me bata com chicotes, me amarre e me castigue, sacou?
— Você quer que eu lhe enfie a porrada?
— Não é assim tão simples. Tem de ser com alto grau de degradação. São torturas mais psicológicas que físicas, percebe?

OS ATALHOS DE SAMANTA

— Estou começando a gostar. Me dá um exemplo.

— Sei lá, bofetões no rosto, beliscões, fica por conta da sua imaginação. Faça o que tiver vontade. Mas não pode deixar marcas, para o pessoal não ficar falando. Sabe como é, né?

— Ah! Entendi...

Samanta não conseguiu disfarçar um sorriso trincado de satisfação. A saliva queria lhe escorrer pelo canto da boca: dar uns tapas nele, beliscá-lo à vontade, era bom demais para ser real.

Talvez Nestor nem sequer imaginasse, mas tinha acertado em cheio na escolha. Ela era a pessoa mais indicada para a prática do sadomasoquismo com interesse.

Ele tirou da pasta que trazia um chicote especial, de couro de queixada, cordas, um par de algemas, e partiram para a folia.

Samanta só ficou sem entender a razão de ele lhe entregar algumas agulhas de acupuntura. Depois soube que eram para espetações no ânus ou fist-fucking retais.

Após duas garrafas de Prosecco, deram início ao embate sexual. Nestor ficou amarrado e Samanta começou a pancadaria, revelando-se uma madrasta com o chicote de queixada e uma mestra oriental no manejo com as agulhas. Nestor, inclusive, chegou a ficar assustado com a frieza e a exatidão dos golpes dela. Parecia uma experiente dominatrix.

Samanta se esforçava, mas faltava-lhe ainda a verborragia adequada. Nestor lhe implorava para falar mais e bater menos:

— Pelo amor de Nosso Senhor Jesus Cristo, Samanta, assim você me arrebenta...

— Toma, filho de uma égua!

— Pára, minha filha! Você tem de falar por que está me castigando, senão não tem graça...
— Precisa falar? Estou te castigando porque você pediu.
— Não, não pode ser assim. Você tem de inventar um motivo qualquer.
— Um bom motivo?
— Isso!
— Então, lá vai. Toma, seu tratante! Ficou de gravar meu disco e até agora nada, né? Vou te esfolar, cretino, pra ver o que é se meter comigo.
— Mais devagar, porra!
— Vai gravar meu disco ou não?
— Não vou!
— Então, vai apanhar tanto que vai se arrepender pelo resto da vida...

A noite foi um êxito indiscutível. Gozaram como nunca. Para Samanta, a maior surpresa. Ficara intimamente impressionada, pois, pela primeira vez na vida, tinha um orgasmo que não era oriundo de penetração ou masturbação. Chegara ao clímax de tanto bater no homem e humilhá-lo. Estava cansada de ser a caça. Era bom ser a caçadora, para variar.

Só não pôde evitar os subseqüentes hematomas no corpo dele, que poderiam transformar o lar-doce-lar do pacato dr. Nestor Maurício. Ele teria de fazer milagre para ninguém notar aquelas marcas. Problema dele.

Na realidade, aquela noite de sexo, amor e pancadaria ficaria marcada na vida de ambos. Uma vida que começava a beirar a esquizofrenia.

XXII

Ziza vem correndo dizer a Samanta que Nestor já estava procurando um produtor e combinando com os músicos para reservarem data em estúdio. Ela fica radiante com a notícia. Será que, finalmente, Sam Gregório aconteceria?

No seu mais íntimo, calculava que tinham valido a pena aquelas chicotadas, safanões e agulhadas retais no infeliz.

Ziza fala, com entusiasmo, que o produtor do disco talvez fosse o mesmo da Gal Costa. Que luxo! Samanta, ou melhor, Sam Gregório custa a crer.

A notícia já corria quando Kiko Martini chega querendo dar a novidade em primeira mão. Fica aborrecido pelo fato de ela já saber, ainda mais por intermédio da Ziza Mezzano. Ela e Kiko cada vez mais antipatizavam entre si e cada vez menos se suportavam. E Samanta agora estava entre eles. O ponto de equilíbrio. Ziza era do PT light, ele, do PDT xiita, e Samanta, apolítica. Ele gostava de homens, Ziza, de mu-

Iheres e Sam queria gravar seu disco. Mas os três concordavam numa coisa: Nestor estava, de fato, empenhado em gravar um disco com ela. O mesmo produtor da Gal! Quem diria...

A verdade era que Nestor havia surpreendido a todos. Não é que ele resolvera cumprir a promessa, investindo pesado na carreira daquela iniciante? Vai ver a menina tinha uma genitália de ouro ou uma performance no melhor estilo vulcão-em-erupção-permanente para impressionar assim o chefe. E não devia ser pouca coisa... ou pouca lava.

Pela primeira vez as pessoas passam a notá-la. O apelido obscuro de Jabuti, aos poucos, vai entrando em desuso. Agora era Sam pra lá, Sam Gregório pra cá. A moça ia longe.

Também não passara despercebido que o dr. Nestor Maurício andava meio taciturno e cabreiro, só vestido a rigor, gravata apertada no colarinho — um simulacro do executivo informal que todos estavam acostumados. Como se estivesse querendo esconder alguma inconveniência ou camuflando tatuagens de marinheiro. Podia fazer o maior calor e ele, ali, firme, de terno e camisa social fechada no punho.

E tinha seus sobejos motivos. Os hematomas de Samanta sobressaíam. Na multinacional havia sido mais fácil. Terno e gravata resolviam. Mas em casa, com a família, a tarefa seria mais ingrata e deveria ser outra a tática adotada.

Os filhos não seriam problema. Viviam no mundo da lua e só despertavam da letargia doméstica quando saíam para a rua. Já Rovena de Sá Nogueira, a esposa devota, pacata e chata — não precisamente nessa mesma ordem de impacto e relevância —, podia parecer, à primeira vista, tonta e distraída. No entanto, era uma observadora letal e uma águia de prontidão. Olhos de lince, rara acuidade auditiva e a faceta de escutar à distância o mínimo sussurro ou qualquer conversa alheia. Como se não bastasse, tinha o dom da adivinhação. Era só olhar nos olhos dele. Nestor dividia a cama com uma esfinge que o decifrava e devorava...

Como fazer então para explicar as marcas roxas pelo corpo, aquelas escoriações generalizadas, lanhos e pequenas feridas nas regiões mais pudendas?

Era exatamente nisso que pensava, ainda no carro, depois de deixar Samanta em casa, em Santa Teresa, quando voltava para casa, em Laranjeiras. Teria de ser rápido.

De início, pensou numa repentina viagem de negócios. Ficaria afastado para cicatrizações e a cura das incômodas feridas e petéquias. Mas não podia se afastar do trabalho naquela semana. Teria de pensar em outra coisa. Atropelamento? Não fazia sentido. Sempre dissera à mulher que só os idiotas eram atropelados. Pessoas inteligentes nunca seriam atropeladas. Além disso, teria de arrumar comprovante de entrada no hospital, pois Rovena não ia deixar por menos. Com a desculpa de cuidar dele, iria a fundo. Que tal uma crise alérgica, acompanhada de erupções cutâneas? Não. E os hematomas das chibatadas? A desculpa também era muito óbvia e não convenceria Rovena.

Já quase entrando na garagem, em meio ao desespero que dele ia se apoderando, tem a idéia luminosa e genial, posto ser a última.

Entra em casa, faz um pouco de barulho, só para não parecer que queria que ela não acordasse. Queixa-se de dores e do mundo em que vivem. Pragueja e lastima sua sor-

te. Ela, assustada, acorda e tenta entender. Ele acende o abajur e continua, quase furioso, enquanto vai tirando a roupa:
— Não se pode mais andar tranqüilo nesta cidade!
— Mas o que aconteceu, Nenê?
— Tá vendo, tá vendo?
— Mas você está todo machucado...
— Estava voltando do bar com uns amigos e fui atacado por um pit bull!
— Aquele cachorro proibido?
— É, um desses de coleira com faixa de jiu-jítsu...
— E o dono?
— Tenha paciência, Rovena! Eu fui atacado por um animal desses e você ainda se preocupa com o dono?
— Não é isso, Nenê...
— Então é o quê? Tenha dó, mulher.
— Eu só perguntei porque...
— Chega, Rovena. O dono está passando muito bem, obrigado. Era só o que estava me faltando para encerrar o dia... Vamos dormir. Pra mim, chega...

No dia seguinte Nestor acorda mais cedo para o trabalho. Orgulhoso da incrível história do pit bull e, rindo sozinho da cara da mulher, levanta-se para se arrumar no banheiro. Rovena está desperta e pensativa na cama, desconfiada de toda aquela conversa mole de pit bull. Mas admitia que, se fosse invenção dele, ao menos havia sido original. E, acima de tudo, tinha se arriscado, o que não combinava com seu modo de ação. Nele, tudo era muito previsível. Aquilo a deixara desconcertada. Não insistiria mais naquele assunto, mas era suficientemente vaidosa para arranjar uma maneira de dizer a ele que não era nenhuma imbecil e que não havia caído naquela lorota.

Nessa hora Nestor ou, melhor, Nenê sai do banheiro e, depois de sentar na cama para colocar os sapatos, queixa-se da dor aguda. Não consegue nem ficar sentado. Samanta devia ter exagerado com as agulhas de acupuntura na noite passada. Rovena alfineta:

— O pit bull também mordeu sua bunda, meu bem?

Nestor ou, melhor, Nenê pensa em matá-la. Quer partir-lhe os ossos, um a um, mas, como de costume, se contém. Explica que a fase não está nada boa. Além de ataques de cães ferozes pela madrugada, agora as hemorróidas tinham resolvido aparecer com força total.

Realmente, problemas hemorroidosos ele tinha mesmo. Era raro, mas de vez em quando brotavam. Não era a primeira vez. Mas aquela conversa estapafúrdia de ataque de pit bull na madrugada ela não digerira bem. Durante algum tempo o ambiente ficaria pesado naquela casa. Nenê que se cuidasse...

XXIII

Ao chegar no trabalho, Nestor é informado que um tal de Paulão já teria ligado umas cinco vezes. Parecia nervoso e ansioso para falar com ele. Nestor se aborrece. Tudo o que mais queria era manter distância daquele cara. Ainda mais tendo um caso com Samanta. O que será que ele queria? Será que sabia de suas relações picantes com ela? Telefona para Samanta e comenta o fato. Ela fica uma fera e diz a ele para não ligar, que ela iria resolver tudo. Nestor adverte que Paulão poderia colocar em risco a realização do disco. Um sujeito na posição dele não ia querer se meter com esse tipo de gente. Que ela cuidasse logo do assunto.

Só de pensar que a gravação do seu disco estava correndo perigo, Samanta teve um começo de crise nervosa.

Tenta se acalmar, manter o controle. Pensa em matar o Paulão ou contratar alguém para o serviço. Queixa-se da sorte madrasta e não consegue achar uma solução. Como em *Fausto*, havia optado pelos atalhos mais sombrios. Em matéria de Mefistófeles, almas corrompidas e negócios escusos, sempre haveria alguém acabando por se chamuscar. Teria de anular o Paulão e fazê-lo ficar quieto.

O segredo era a alma do negócio. Ou seria a alma o segredo do negócio? Tanto fazia. O fundamental, agora, era calar aquele estúpido e desequilibrado.

Liga para ele, na tentativa de um último acordo:

— Paulão, você ligou para o Nestor, cara?

— Qual o problema? Não posso?

— Você sabe que não, Paulão. Nós não tínhamos combinado que era para você ficar na sua?

— Cansei de ficar do lado de fora. Apresento você ao meu amigo. Planejo tudo. Vocês ficam na boa e eu vejo a banda passar...

— Cara, você não pode enxergar um pouquinho adiante? Você tem de confiar em mim.

— Esse é o problema: confiar em você...

Samanta faz de tudo para tentar convencê-lo a não atrapalhar mais. Promete coisas que não vai cumprir e, no fim, obtém dele uma trégua de um mês. Se não resolvesse a situação dele, ela ia se arrepender.

Não ia se arrepender — já estava arrependida, mas de tê-lo conhecido. Sabia bem do que Paulão era capaz. Por que não fora uma outra pessoa a lhe apresentar o Nestor? Por que cada atalho de sua vida era assim tão penoso?

Dez da manhã. Samanta, sozinha no apartamento de Santa Teresa, não se sentia nada bem. Era muita pressão. Em breve ela entraria em estúdio para gravar o tão sonhado disco. O produtor da Gal devia ser superexigente, e ela nunca havia entrado num estúdio. Uma coisa era cantar na noite, outra era colocar a voz. Sabia de cantoras que eram craques nos bares e apresentações ao vivo, mas tinham dificuldade para gravar. E havia o inverso, cantoras especialistas em estúdios. Qual seria o seu caso?

Uma coisa era certa: estava definitivamente fora de questão urinar no estúdio durante as gravações!

Começava o pavor e o aperto no peito. Não costumava beber de manhã, mas sentia falta e tinha ânsia de uns goles. Queria fugir. Lembra do último acesso de pânico, antes do show em Santa Teresa. Vem-lhe à mente o poderoso coquetel de Maria do Rosário: cocaína com uísque, açaí e energético. Onde anotara o telefone de Rosário?

Os atalhos de sua vida começavam a cobrar pedágios cada vez mais próceros.

XXIV

Atalhar-se. *[t.d.p.]* — *embaraçar (se); atrapalhar (se); envergonhar (se).* (Manual de conjugação de verbos)

— Alô, Rosário?
— Sim. Quem é?
— Sou eu, Samanta. Cantora, amiga do Paulão...
— Ah! Claro. E aí?
— Pois é. Tava aqui pensando naquele coquetel do barato que você me deu, lembra?
— Como ia esquecer? O Paulão quase me matou. Disse que você ficou tão doidona que aloprou. Caiu por cima do baterista e até mijou no palco...
— Você não viu o show?
— Não. Tive de sair fora. Mas foi verdade mesmo?
— Fiz xixi sim, mas foi de muita emoção. Não foi de doideira não.

— Entendo...
— Agora me deu vontade de dar um repeteco...
— Olha, menina... Não é melhor pegar mais leve?
— Qualquer coisa serve. Estou precisando dar uma relaxada.
— Tá legal, eu levo. Onde você está?
— Aqui, em Santa Teresa. Estou sozinha, anota o endereço. E não demora...

Quando Rosário chega, as duas se trancam no quarto, bebem e cheiram. Conversam, animadas e com mais camaradagem do que Samanta queria ou tivesse imaginado.

Ela começa a notar que Rosário está mais excitada do que o normal. Mas aquele não era o melhor momento para conceitos definitivos. E o que diabos seria uma excitação normal? Deixa-se então levar pela embriaguez e pelo torpor. A idéia não era relaxar?

Rosário era uma morena bonita e de corpo malhado nas academias de ginástica da vida. A compleição física, porém, não lhe tirava os movimentos mais femininos. Tinha quase o dobro do peso de Samanta e o triplo de sua força.

A conversa gira agora em torno do futuro disco de Samanta ou, melhor, Sam Gregório. Rosário aprova a mudança do nome. Também achava Gregory ridículo. Aproveita para declarar-se compositora e letrista. Samanta fica curiosa e diz que gostaria de conhecer o trabalho dela. Ainda estavam escolhendo o repertório, quem sabe? Rosário fica lisonjeada e promete mostrar algumas fitas com suas músicas.

Naquele quarto trancado as duas se sentiam cada vez mais amigas e entregues. Samanta demonstra claramente estar tomada pela bebida e pela droga. Rosário, num relance, tira a sua roupa e a dela. Decidida e calmamente, inicia carícias e intimidades que Samanta não desejava, mas sentia-se completamente incapaz de evitar.

Maria do Rosário é bissexual e Samanta nem desconfiava; Maria do Rosário é compositora e letrista e Samanta não sabia; Maria do Rosário é uma amante e tanto e Samanta só agora fica sabendo.

Outra fileira, uísque com gelo, mais sexo, entretenimento, outra capitulação e orgasmos urgentes e bem-vindos.

Rosário não lhe pedira para dar ou receber umas chicotadas, nem queria que mijasse nela. Podia ser um contrasenso ou paradoxo inquietante, mas era uma relação mais sadia do que com Nestor. Paulão era o sexo maquinal. Pau dentro, pau fora e tímidos gozos. Já com Rosário...

Esquecem da vida. Dormem exauridas e abraçadas. Rosário desperta com as sucessivas batidas na porta do quarto. Era dona Glenda que havia chegado:

— Acorda, Samanta! Tem alguém batendo na porta.
— Meu Deus, é minha mãe. E agora?
— Se veste rápido, que eu dou uma geral no quarto.
— Já vai, mãe! Estou abrindo...

Dona Glenda não desconfia de nada e acha normalíssimo que a filha esteja com uma amiga na cama. Ultimamente ela tem sentido Samanta prostrada, sem movimento, muito parada para seu gosto. E uma boa e nova amizade era sempre bem-vinda. É apresentada a Maria do Rosário:

— Forte essa sua amiga, hein, filhinha? Você devia seguir o exemplo, comer direitinho, fazer mais exercícios...

Assim, Maria do Rosário, compositora e letrista, passou a freqüentar o apartamento de Santa Teresa, tornando-se amiga de dona Glenda, compositora, letrista e colega íntima de Samanta.

XXV

SERIA UM ATALHO OU UM DESVIO SEU CASO TÓRRIDO com Rosário? Não estaria exagerando no clima lesbian-chic de cantora da música popular brasileira? Se Ziza Mezzano soubesse, ia se encher de orgulho...

As canções de Rosário até que tinham valor. Letras fortes, sentidos dúbios, deboche e ritmo. As melodias eram pobres, mas encaixavam na poesia. Samanta acredita que pode convencer Nestor a incluir pelo menos uma no disco.

Quem adorava as músicas de Rosário era dona Glenda. Toda vez que ouvia Rosário no violão ela não escondia as lágrimas. Tinha preferência por uma canção hip-hop intitulada *Eternamente jovem*, cujo tema era algo como ficar para sempre jovem e curtir a vida, mais ou menos na linha do forever young ou carpe diem. A letra era complicada e um tanto indefinida. O curioso era que ela se emocionava e chorava nas canções com letras mais ácidas e herméticas. Vai entender... Rosário e dona Glenda cada vez mais estreitavam laços.

A mãe de Rosário, além de muito idosa e adoentada, nunca demonstrara interesse por nada que a filha fizesse. Depois que descobrira as tendências homossexuais da menina, criara um muro de gelo entre elas. Rosário chegou a conversar com ela num desses natais que sempre pedem entendimentos urgentes, admitiu a opção diferente e procurou, sinceramente, restabelecer o contato carinhoso com a mãe, numa espécie de tentativa desesperada de fazer-se compreendida. Mas a mãe, com idiossincrasias e dilemas diversos, desconversou, argumentando não ter nada a ver com as escolhas sexuais da filha. Fizesse o que mais lhe aprouvesse e bem entendesse, a vida era dela. Ao menos deixaram de brigar, embora o afastamento só tendesse a crescer. Uma pena. Mas, agora, a surpreendente dona Glenda Gregório surgia do nada. Sem muita compreensão nem preparo intelectual, mostrava-se arejada e receptiva às novidades da música, da poesia e do sexo diferenciado entre iguais. Incoerências e suscetibilidades espirituais que acontecem a cada minuto e não têm muita explicação. Questão de destinos e atalhos.

Samanta deixara claro para Rosário que gostava de homem, ainda que triviais como o Paulão ou transcendentais e dementes como o Nestor. Gostava de fato da amizade dela e, quando a ocasião e a luxúria pediam, de um carinho mais íntimo.

O raciocínio simplista e conveniente de Samanta mostrava bem sua destreza nas adaptações a cada novo tipo de desafio ou obstáculo: uma vez que seria forçada a aprender a conviver com o lesbianismo no meio que enfrentaria em breve, que fosse em grande estilo. Era possuidora de um mimetismo social invejável.

OS ATALHOS DE SAMANTA

Dia desses Samanta notou que estava se dando bem melhor com sua divulgadora e homossexual não-assumida Ziza Mezzano. Eram detalhes novos e sintonias que afloravam em cada olhar de ambas. Ziza devia estar pensando — quando Samanta insinuava que estava seguindo seus conselhos de fazer-se passar por lésbica — que a moça tinha vocação para atriz, de tão bem que representava a personagem. Possuía talento, sem dúvida. Tanto que Ziza se derretia toda por ela. Samanta se deixava seduzir e fazia seu jogo. Entre elas não seria necessário o sexo, pois bastavam-se em gestos e insinuações metafóricas. A fantasia era melhor que a realidade, que oprimia. Matéria para ser levada ao analista. Mas as duas não faziam análise, portanto, desincumbiam-se, cada uma à sua maneira, de seus papéis naquela peça encenada. Uma comédia de costumes barata.

Na realidade, Samanta, no papel da cantora pop moderna Sam Gregório, sentia-se bem melhor na pele da provocadora, em vez da seduzida ingênua e acessível. Já que tinha de ser, que fosse bem-feito e com as devidas relaxações.

Rosário morria de ciúmes de Ziza Mezzano, mas evitava mostrar esse seu lado inseguro. Muito embora estivesse alertada por Samanta que a relação de ambas era só de camaradagem e irresponsabilidade sexual, sentia enorme dificuldade para disfarçar seu apego mais sincero e dependente. Mas era safa e vivida e não desnudaria à toa os temores maiores. Queria aproveitar seu momento de alienado hedonismo. Também transava com o sexo oposto e até com maior aproveitamento e competência que Samanta. Tinha um time de amantes disponíveis e predispostos a agradá-la e cercá-la de mimos e privilégios. Pelo menos, era isso que dizia.

O contexto da relação delas, naquele momento, estava perfeito e em equilíbrio. Nenhuma situação deveria ser forçada. Não seria inteligente. Na verdade, Rosário contava com o tempo, que certamente conspiraria bem mais a seu favor. "Time is on my side", como na jurássica canção dos Stones. Quando Samanta se desse conta, poderia ser tarde demais, e Rosário contava com isso. Não utilizaria nenhum atalho. A paciência e a perseverança eram boas companheiras, e Rosário tinha plena consciência do caminho.

XXVI

NESTOR, AINDA SE RECUPERANDO DOS HEMATOMAS E arranhões da recente orgia com sua protegida musical, resolve que ele próprio iria produzir o disco. O tal produtor da Gal Costa estava criando muitas dificuldades e evidenciando má vontade para tudo. Ele, que já era o diretor musical, acumularia a função de produtor.

Já decidira pelo repertório calmo, eclético, mais acústico e sem perder a homogeneidade. Em resumo, mais um disco de baladas manjadas e pré-fabricadas. Uma MPB pasteurizada, cria laboratorial em série. Decidiu não inventar e evitar surpresas. Samanta era debutante e ele não queria arriscar. O marketing das urinadas no palco poderia ser passado para a mídia quando ela estivesse no estúdio, gravando. Algo como: "Cantora estreante e a mais nova sensação da MPB. Quando canta, interpreta com emoção tão visceral que acaba por perder o controle de algumas de suas funções, incluindo a urinária!" Ou coisa parecida. Isso era com a assessoria de imprensa.

Precisava usar seu prestígio para tentar incluir alguma música do disco em uma trilha sonora de novela. Era a fórmula mais rápida de sucesso e o atalho preferido por onze entre dez produtores.

Outro detalhe urgente era contatar algum nome consagrado e pedir uma inédita. Ou duas. Seu nome tinha um certo peso no mercado e isso não deveria ser problema.

Aproveitaria também aqueles compositores que ficam no limbo, à espera de um bom lançamento. E eram dezenas. Não faziam mais sucesso com seus discos, compravam um miniestúdio de gravação para uso particular, compondo e editando, enquanto aguardavam uma inspiração ou chance. Uma espécie de garimpeiros e coadjuvantes bem pagos. O segredo era saber selecionar esse material, com critério e sem pressa. O problema era que Samanta, sua todo-poderosa ama sexual, andava a clamar por urgências. Agora ela sonhava noite e dia com o disco. Ele que não a enrolasse.

O resto do repertório poderia vir de releituras de sucessos passados, confiadas a algum craque para a lapidação mais original. A maior parte das releituras do mercado era de regravações sistemáticas ou cópias singelas de antigos hits. Não queria esse modelo surrado e oportunista para Samanta. Convidaria um músico de respeito para fazer os arranjos. Pensou no maestro e arranjador de Bethânia, Jaime Alem.

Os músicos para entrarem em estúdio deveriam ser de elite. Especialistas para ganhar tempo e qualidade. Pede a Ziza Mezzano que providencie um time extraclasse. Queria uma base com cordas e percussão. E que ela não poupasse esforços nem viesse com economias. Teria de ser tudo muito rápido e com objetividade. Imaginava começar com as gravações em uma semana, no máximo.

O paradoxo existia entre a vontade, agora sincera e acelerada, de Nestor em gravar um disco de ponta para sua eleita e a necessidade de ser coerente com os ajustes e cortes nos custos demandados pela crise que tomava conta do mercado. Isso tudo de forma a não ficar na mira dos inimigos invejosos de plantão, ansiosos por um tropeço qualquer. Nestor sabia como poucos que a inveja assaltava sempre os mais nobres. E sempre citava Ovídio: "O vento ruge nos mais altos picos!"

Era fã do poeta latino e, sempre que podia, usava-o para impressionar os mais incautos e de reduzida leitura. Samanta fora uma de suas vítimas, mas não deixara barato. Naquela noite memorável, amarrado à cama e com ela às chicotadas, perto do clímax de ambos, ele citara, com toda veemência e sofreguidão, seu poema ovidiano preferido. A ocasião pedia:

— Samanta, meu amor, pode me bater, pode me tirar sangue, mas saiba que o vento sempre irá rugir nos mais altos picos!

— Vai pras picas você! Quem ruge aqui sou eu!

E nosso apreciador de Ovídio teve de se conformar com a impotência diante daquela que era sua atual e decidida musa.

Mesmo assim ele era um erudito de citações. Lia e decorava-as com freqüência. E devia lhe valer para alguma coisa. Pelo menos era assim que pensava.

XXVII

Ver atalhos por todos os lados. *Situação difícil; embaraço; estorvo; obstáculo.* (Dicionário de expressões idiomáticas)

DE SUA PARTE, PAULÃO, QUE DE OVÍDIO NADA SABIA, em inveja estava ardendo.

Mais Azambuja que nunca, arquitetava seus golpes sujos, embora com um único e sinistro detalhe: escolhera o caminho errado, julgando-se mais esperto que a malandragem.

Desde que se separara de Samanta, Paulão vinha atravessando séria crise financeira. De bolsos vazios, contas vencidas e sem crédito na praça, convivia com a penúria extrema. Na aflição e sem perspectivas mais otimistas, procurou um velho companheiro, um chapa seu lá do Morro dos Macacos, em Vila Isabel.

O antigo amigo, recém-promovido a gerente de boca, mandava por aquelas bandas. Quando Paulão soube, de imediato planejou um encontro. Seu camarada não haveria de deixá-lo na mão. Pegaria com ele uma remessa de sacolés de cocaína, da puríssima, tipo pedra azul, e transformaria o pó, malhando a droga para revender e fazer dinheiro rapidamente. Tinha urgência de formar capital, pois, além da própria fissura, havia aluguel e condomínio vencidos; dois meses de gás e luz atrasados; telefone cortado e, o que era mais trágico, a despensa e o estômago vazios...

Como era de se esperar, o tal velho camarada de Paulão só adiantara uma parte da droga e, mesmo assim, fazendo mil recomendações e advertências. Na realidade, claras ameaças: que ele não inventasse moda e andasse na linha, porque o pessoal já estava de olho nele. O motivo era que, há mais ou menos um ano, ele havia deixado furo numa boca-de-fumo em Copacabana. Uma merreca, coisa de amador ou otário vocacional: ficara com ficha maculada e deixara o traficante envolvido bastante contrariado. Aliás, o tal se encontrava, momentaneamente, encarcerado e afastado da lida. No entanto, com celular e outras mordomias, permanecia ativo, mesmo preso. Como era de praxe, a qualquer instante ele poderia aparecer solto nas ruas. E aí era melhor Paulão se cuidar...

Partidário da máxima "nunca deixe para amanhã o que alguém hoje pode fazer por você", Paulo Roberto Azambuja Lemos, a fim de compensar as agruras e indigências da sua fase ruim, perpetrava ameaças a Samanta. Não ia morrer sozinho na praia e nem podia admitir que aquela molambenta ficasse famosa à sua custa. Afinal, que malandro era ele?

Roía o osso e, na hora do filé, vinha um aventureiro lançar mão. É ruim, hein?

Samanta daria um braço para conseguir neutralizar Paulão. Fica então sabendo que ele sempre tivera uma atração fortíssima por Maria do Rosário, que, desde o primeiro momento em que o conhecera, sofria com esse assédio. Paulão, talvez por jamais ter conseguido satisfazer seus anseios carnais, tinha exacerbado e eleito a morena Maria do Rosário como objeto do mais puro desejo sexual. Só que ela se mantivera, até então, incólume.

Em uma de suas últimas investidas, Paulão convidara Rosário para uma noite dançante na mesma gafieira onde haviam se conhecido.

A pedido de Samanta, que queria saber exatamente o que Paulão andava planejando contra ela, Rosário concorda. Sua missão era puxar tudo o que pudesse dele.

Desde o começo da noite, sempre que podia, Rosário tocava no nome de Samanta. Depois de dançar com ele mais agarradinho, começa a provocá-lo: quem era melhor, ela ou Samanta?

Paulão, após algumas cervejas e contradanças, já mais desinibido e alcoolizado, dá início a algumas confidências:

— Sabe, Rosário, aquela cantorazinha de araque de Santa Teresa vai me pagar caro e com juros... Ah vai...

— Como assim?

— Apresentei a bandida a um figurão de uma gravadora, amigão meu, e sabe o que ela fez?

— Nem imagino...

— Resolveu me tirar da jogada. Mas ela está muito enganada se pensa que tudo vai ficar como está.

— O que você vai fazer?
— Estou com um lance lá no Morro dos Macacos. Uma turma da pesada. Se ela se meter a besta comigo, a coisa vai ficar preta para o lado dela.
— Ficar preta como?
— Deixa pra lá...
— Anda, me conta.
— Você vai acabar sabendo pelos jornais...

Rosário pediu um monte de cervejas, dançou samba a noite inteira colada com ele, aturou o bafo no cangote, as cantadas babadas na orelha e fez de tudo para saber mais sobre seus planos secretos de vingança. E foram tantas perguntas indiscretas e dirigidas que terminou por despertar alguma suspeita nele. De agora em diante, não tocariam mais no nome de Samanta. Ela discorda, ele confirma: nada mais a falar sobre aquela mulher.

Sem esperança de mais novidades, Rosário pede licença para ir ao banheiro, retocar a maquiagem. Sai dali, sem falar com ele, direto para Santa Teresa, onde marcara com Samanta num bar. Mal podia controlar a ansiedade para lhe contar o que acabara de descobrir...

XXVIII

Já é uma boa ação pelo menos tentar. E Rosário vivia tentando sempre, fazendo o máximo para agradar Samanta. Procurar fazer de tudo pela pessoa querida era a sua forma de se dizer amando. Um comportamento peculiar que muitas vezes era confundido como serviçal.
Tanto quanto bondade, solicitude também se aprende. Até então as duas se completavam: Rosário adorava servir e Samanta, ser servida. O binômio dos interesses mútuos satisfeitos na sua origem.
No bar, conforme o combinado, Samanta estava à espera. Dividia a mesa com alguns amigos animados. Aliás, mais animados do que poderia se esperar de um grupo de rapazes presumidamente bem-educados. Samanta havia passado do seu limite de resistência alcoólica e já perdera a conta das doses de conhaque e cerveja. Quando Rosário chega, encontra Samanta cantando a capela, em cima de uma cadeira, e chamando a atenção de quem por ali estava ou passava. Era

a cantora do bairro, a fadinha que dava seus "moles" para a rapaziada. Quando bebia, ela liberava a libido e pingava estrogênio, beirando o obsceno e vulgar.

A contrariedade de Rosário fica estampada no semblante fechado e de poucos amigos. O pessoal brinca, dizendo que tinha acabado de chegar a patroa, o maridão de Samanta e outras sutilezas do gênero. A cantora podia estar bêbada, com os hormônios em festa, mas possuía excelente memória e sabia que Rosário vinha com notícias que a interessavam e muito. Dispensa a turma, encerra o pocket show e vai para um canto conversar com a amiga. Ou, melhor, ouvir o que ela teria a dizer sobre Paulão.

De início Rosário se nega, ensaia alguns sermões, diz que ela não pode continuar nessa vida, que seu futuro era a sarjeta, que o mundo era um moinho, e coisa e tal. Samanta promete que vai mudar, que vai parar de beber, que não vai dar para mais ninguém, e coisa e tal. Depois de serenada em seu ânimo e ciúme, Rosário avisa que Paulão está novamente metido com o tráfico e que vai querer dar um susto nela. Era aconselhável ela se proteger ou inventar uma maneira de ele ficar mais calmo. Por que não o convidava para alguma atividade no disco? Que tal de roadie? Ele deveria saber algo sobre eletricidade. Podia ser um técnico de passagem de som, ajudar na bilheteria, na divulgação, qualquer coisa:

— Aquele idiota não sabe fazer outra coisa na vida que não seja sexo, dançar em gafieira e me encher o saco!

— E não necessariamente nessa ordem de grandeza.

— Se trepasse como dança e enche os outros, seria um tremendo sucesso na cama.

— Sem dúvida...

OS ATALHOS DE SAMANTA

Ficara acertado que ela ligaria para ele, convidando-o para fazer parte do disco como técnico de som, divulgador, entregador de pizza, enfim, ele que escolhesse.
Fecharam a conta, ainda trocaram alguns beijos demorados e combinaram dormir em Santa Teresa. A noite prometia. Rosário adorava ficar com Samanta quando ela estava meio derrubada pelo álcool. Só deveriam tomar cuidado com os gemidos mais altos, que poderiam acordar dona Glenda. Esqueceram do Paulão e não pensaram na hipótese de ele recusar trabalhar no disco. Verdadeiramente ele não estava interessado em trabalho; queria os lucros. Líquidos, de preferência. Ainda iriam discutir e brigar muito, porque Paulão andava louco para arrumar confusão. A implicância dele agora era com Nestor.

XXIX

A MAIOR SURPRESA FOI CHEGAREM EM CASA E DAREM de cara com dona Glenda, acordada e sentada no sofá. De roupão de banho e com um olhar perdido, reclamava de insônia e mal-estar, dizendo que só estava esperando pela filha para ir deitar. Antes, porém, ia dar uma relaxada na banheira. Samanta, ainda cambaleante com a bebida, e amparada por Rosário, ficou bastante intrigada com aquele estranho comportamento da mãe. Olhou para Rosário e juntas concordaram que seria arriscado deixarem-na a sós no banheiro.

De uns tempos para cá dona Glenda estava deixando a todos preocupados. Sua grande fixação era parar de envelhecer. Pelo menos não tão rapidamente. Já havia feito lipoaspiração e reposição hormonal, mas os anos avançavam inexoráveis e inclementes. Ela agora tinha entrado em forte depressão em função da chegada da menopausa. Sem dinheiro para novas plásticas, estava se achando uma velha mas não ia se deixar vencer. Descobrira os milagres do Botox e, por conta própria, fazia sucessivas aplicações de toxina botulínica para as rugas. Vivia com as faces inchadas e já ocorrera uma vez queda das pálpebras. Cada dia mais abatida com as conseqüências das mazelas típicas da terceira idade, vinha atravessando uma fase delicada.

Quando as duas chegaram ao banheiro, encontraram a porta semi-encostada. Entraram e viram dona Glenda em calma imersão na banheira com sais e óleos essenciais. Chamando as duas para mais perto, a mulher segredou que havia descoberto um novo e infalível método para tratamento facial: esfoliantes para revigorar o rosto.

Samanta chegou à desesperada conclusão de que, se aquilo continuasse, a mãe acabaria deformada, o rosto viraria uma pasta ou máscara ambulante. Precisava dar um fim àquela situação tragicômica. Quando bebia demais Samanta ficava impaciente e agressiva, principalmente com a mãe. Rosário sabia disso e insistia para ela ter mais paciência, explicando que era normal, na idade de dona Glenda, esse tipo de conduta. Só estava um pouco exacerbado. De tanto esfoliar a cara, se encher de Botox e hormônios, poderiam surgir alguns efeitos secundários mais graves.

Mas o que Rosário não sabia, e dona Glenda nem desconfiava, era que o que mais incomodava Samanta: ver, na aflição e no desatino da mãe, seu futuro próximo. O tal "ser você amanhã". E os amanhãs incomodavam a cantora de Santa Teresa, tão preocupada com a aparência e com as embalagens.

Naquela noite, que antes prometia sexo rasgado e delírio, dona Glenda iria relaxar tanto no banho de sais e óleos essenciais que dormiria como um anjo. Pelo menos uma noite bem-dormida e desligada dos indícios de sua aparente senilidade precoce. Samanta, mais bêbada que uma gambá bêbada, esfriara sua libido homossexual e também acabara desabando na cama e dormindo como uma pedra. E Rosário, que a princípio não tinha nada a ver com aquilo tudo, pela primeira vez sentiu-se diferente, como a se perguntar que diabos estava fazendo ali.

XXX

Atalhado. *[fig.] irresoluto; indeciso; atado.* (Vocabulário ortográfico da língua portuguesa)

O TIME DE MÚSICOS QUE IRIA PARTICIPAR DA GRAVAÇÃO do tão ansiado disco de Sam Gregório já estava quase decidido. Nestor queria uma base de cordas, baixo elétrico e percussão, algum contraponto de metais e uma ou outra levada de teclados. Se possível um disco simples, tipo banquinho e violão ou um oportunista e baratinho acústico. As estrelas principais seriam os técnicos e responsáveis pela mixagem e masterização.

A voz comum e sem maiores atrativos de Samanta seria monitorada pelo salvador programa de áudio Pro Tools, encarregado de escamotear os possíveis e esperados equívocos canoros da cantora estreante. Seria sampleado o timbre de voz de Sarah Vaughn para servir de linha condutora. Não podia dar errado.

Embora considerasse a fraude um jogo de mentes pequenas, Nestor acreditava piamente nos milagres da tecnologia. E só devia operar milagres quem acreditava em milagres. Afinal, Xuxa achava que cantava e Hortência aparecia sexy na revista masculina.

O primeiro músico a ser contatado, indicação do maestro Jaime Alem, foi o paraense Alarcom Ferreira — violonista e arranjador experiente e capaz. Andara tendo uns probleminhas com substâncias entorpecentes, mas jurava haver superado essa fase. Agora só umas biritas e olhe lá. Nestor era seu fã. Um dos primeiros discos da companhia, os antigos long-plays, tinha sido dele, tocando valsinhas e pequenos choros. Depois do violão solo, Alarcom se voltaria para o samba, onde se destacaria como diretor musical e arranjador.

Nestor explicou-lhe que Sam era uma cantora desconhecida pela mídia, um talento raro a ser lapidado, e que tinha planos de transformá-la numa nova diva da MPB.

Alarcom, com todos os seus anos de labuta no meio musical, sabia, de antemão, do fantástico número de cantoras de talento e eternas candidatas a diva que insistiam no mercado à espera de lapidações ou empurrões do destino. A oferta era espetacularmente maior que a procura. Mas, na falta de melhores opções, uma vez que se encontrava há um certo tempo afastado dos estúdios, resolvera aceitar o convite e começar as reuniões para a escolha dos outros instrumentistas. Vivia da música e não andava em condições de recusar trabalho.

Mesmo com a certeza de que não haveria nenhuma surpresa ou novidade naquela futura pretendente ao sucesso,

Alarcom, apenas para manter a aparente seriedade do negócio, alegou precisar ouvir a tal cantora, Sam Gregório.

Samanta ou, melhor, Sam Gregório ficou animada com a notícia. Não era para menos, Alarcom Ferreira era um nome de peso, apesar de no momento estar um tanto divorciado da mídia. Mas era ainda o grande Alarcom, dos melhores e mais criativos arranjadores do samba de qualidade. Mas Sam não era propriamente uma intérprete de samba. Seu repertório básico era pop-rock, hip-hop, blues e MPB...

Nestor justificava que ela ainda era muito nova para ser rotulada de qualquer coisa. Como Alarcom era um craque, músico dos mais versáteis, saberia manejá-la melhor do que nenhum outro.

Samanta não queria ser manejada por ninguém. Muito menos por um sambista. Odiava samba. Odiava ter de aturar o Nestor e suas idéias caducas. Queria ser uma Marisa Monte. Queria ter conhecido o Nelson Motta, e não o Nestor Maurício. Por que não nascera filha da Elis Regina ou da Zizi Possi? Por que não era filha do Gilberto Gil? Por que só com ela acontecia tudo isso? Por que haveriam de ser tão difíceis os atalhos?

Estava a ponto de se revoltar quando Rosário mostrou que ela era uma pessoa especial. Quantas não gostariam de estar no lugar dela? Quantas cantoras não dariam um rim em troca de uma chance igual?

Mesmo com vontade de duvidar da amiga, Samanta fingiu concordar, embora fosse bem difícil crer que pudesse existir alguém invejando a sorte dela: com Paulão no tráfico e em seus calcanhares; a mãe sempre com máscaras faciais e passando esfoliantes na cara, querendo rejuvenescer no tapa; com Nestor Maurício implorando castigos sexuais com chicotes e agulhas de acupuntura no rabo; e agora um sambista veterano como arranjador do seu disco de estréia.

No fim, sua única certeza era de que quem a estivesse invejando devia estar atolada até o pescoço — ou então sem saber dar valor a um rim.

XXXI

É PELA INDECISÃO QUE SE PERDEM AS MELHORES OPORtunidades. E Samanta havia decidido que era chegada a sua hora. Se fosse para cantar e gostar de samba, ela cantaria e aprenderia a gostar. Já estava disposta a estudar partido-alto, conhecer melhor samba-de-roda e samba de breque, ficar amiga da Beth e da Nilze Carvalho e freqüentar pagodes de fundo de quintal. Tudo pelo sucesso e pelos forçosos atalhos.

Tinha simpatizado com Alarcom desde o primeiro instante em que ele lhe fora apresentado. Um negro bonachão, comunicativo, mistura de B. B. King e Erlon Chaves. Figura simples e um músico de mão-cheia que lhe passava total confiança e estímulo.

Logo ela arrumou um jeito de contar-lhe que não era o samba a sua melhor área de atuação. Ele ouviu atentamente e gostou da franqueza e objetividade. Afinal, estavam começando a pensar o repertório e o aviso era legítimo. Mas que ficasse tranqüila: ele já havia percebido que ela não era sambista. Na verdade, ele já havia notado que ela era uma cantora de escassos valores, seja na voz de alcance reduzido, seja no timbre e na afinação.

Mestre Alarcom acreditava que um arranjador poderia até embelezar uma música ruim, metamorfosear uma cantora de poucos recursos, mas daí a promover um miraculoso prodígio canoro e musical ia uma desmedida distância. Dava preferência a trabalhar com hipóteses menos esperançosas para haver superação e possíveis e agradáveis surpresas.

De fato, Alarcom era de um pessimismo de causar inveja a um Schopenhauer, para quem as expectativas felizes poderiam gerar grandes amarguras.

Mas havia alguma coisa que ele não sabia explicar. Algo como uma estrela na testa daquela garota apontando para a fama predestinada. De onde aquela menina tirava aquele carisma? Qual era o seu mistério?

Não se pode dizer que Alarcom estivesse fisicamente interessado em Samanta, pois era misófobo e nutria absoluto temor de qualquer contato mais íntimo por medo de infecção. Tinha pavor de contrair Aids ou qualquer outra doença sexualmente transmissível, e não admitia a possibilidade do uso de camisinhas. Viúvo e sem filhos, com a idade ele passou a quase sublimar o sexo. Quase, porque ultimamente vinha se masturbando com freqüência assistindo a vídeos pornôs. Devia ser uma fase.

Samanta tinha uma tara solene por negros. Sua maior fantasia era ter relação sexual com um crioulo enorme e bem-dotado. Sonhava constantemente com isso. Às vezes com dois ou três negões em curras fenomenais. Mas até agora não havia ainda encontrado seu pretinho. E certamente não seria com Alarcom, pois ele estava mais para paizão preto do que para fetiche de ébano.

Assim, sexo à parte, Alarcom e Samanta iam se dando muito bem. Para deixá-la mais à vontade em relação à ojeriza ao samba, ele comunicou-lhe que chamaria duas percussionistas que tocavam com a essência esclarecida da MPB. Abdicaria da velha formação percussiva de bateria para investir nos atabaques indígenas, bongôs de couro de lontra, marimbas de vidro, guizos africanos e demais chocalhos estranhos da modernidade. Se isso agradava a ela...

Brígida e Lalá Martelo eram essas percussionistas. A primeira, mais velha e experiente, era uma ruiva rubicunda, de braços grossos e vigor estupendo. O jeito bruto não conseguia maquiar as feições belas de origem nórdica de sua família. A segunda, bem mais jovem e baiana, tinha todos os traços nacionais, ou seja, possuía a mistura equilibrada da miscigenação brasileira. Respirava ritmo e sensibilidade e parecia transmitir um certo sofrimento ao tirar sons. Formavam uma dupla totalmente integrada: uma possuía força e vibração; a outra, delicadeza e ginga. Dividiam o mesmo apartamento e eram bem casadas. Ao menos, aparentemente.

XXXII

Por que Martelo? A primeira coisa que Samanta perguntaria era se aquele sobrenome era verdadeiro ou apelido.

Lalá era mais expansiva que Brígida e não se incomodava de dar explicações. Martelo era apelido de batuqueira de jongo. O pior era detectar a completa ignorância dos brasileiros no trato com uma de suas mais ricas tradições regionais. Então que aproveitasse enquanto satisfazia a curiosidade alheia para colocar mais uma pitada de informação cultural à disposição da rudeza dos seus compatriotas. Era altruísmo prático e servia de consolo.

O tal do jongo, originário da região do Congo e de Angola, chegou ao Brasil com os negros bantos, nas fazendas de café do Vale do Paraíba. Era uma dança de roda, de cunho familiar e matriarcal. Muitos o consideravam como o pai do samba, tendo influenciado o samba de terreiro e o partido-alto. Por ser um tipo de manifestação reclusa, dançada só pelos mais idosos e confinada ao terreiro dos pretos-velhos, demorou a ser descoberto. A primeira a romper com a dinastia e perceber a importância de se divulgar a cultura foi Vovó Maria Joana Rezadeira. Seu filho, mestre Darcy, deu continuidade a esse trabalho e transmitiu os ensinamentos para gerações mais novas. Era o caso de Lalá, interessada nas raízes do samba e na tradição dos batuques africanos. Havia freqüentado o centro cultural da Serrinha, ligado à corrente de Tia Maria da Grota, e era amiga de Darcizinho. Atualmente dava aulas de jongo na comunidade de Santa Cruz e sua fama e prestígio entre os músicos ajudaram a divulgar o jongo e introduzir seu ritmo nas gravações. O jongo de verdade é dançado no sentido anti-horário, através de umbigadas, ao som de dois tambores: um, grave, o caxambu, e outro, agudo, o candongueiro.

Samanta poderia até não se sair bem na empreitada do primeiro disco, mas ia aprendendo mais sobre cultura e folclore. Ao menos isso. Nestor, inclusive, manifestara real interesse em visitar um centro de jongo. Vai ver ele estava de olho nas tais umbigadas ao som dos sensuais atabaques, a fim de adaptá-las às suas orgias diferenciadas com a dominatrix Samanta. Ela que prestasse atenção, senão ia acabar se transformando numa jongueira do sexo.

Nestor Maurício, por sinal, dava indícios de enorme preocupação, quase histeria. Paulão insistia em azucrinar sua paciência, ligando a toda hora e fazendo ameaças. A última e mais terrível deixava claro que ele iria ligar para sua residência e contar a Rovena tudo o que estava acontecendo de esquisito na gravadora do marido. Incluindo, é claro, o inusitado affair com uma determinada cantora estreante de Santa Teresa.

Ninguém sabia como, mas o desgraçado acabara sabendo do seu caso — que era para ser secreto — com Samanta.

Paulão, que recusara terminantemente as ofertas de Samanta para trabalhar no disco como roadie ou técnico de som, insistia em exigir a sua parte no contrato. E uma parte bem leonina: queria a metade do que Samanta ganhasse. Podia ser até ridículo e imoral, mas estava pautado em argumentos tão severos quanto concretos. Era chantagem mesmo.

Nestor e Samanta tinham um enorme problema nas mãos. Paulão se assemelhava mais a um maluco descontrolado e disposto a tudo. Não estava sendo razoável nem inteligente. Pudera, o momento atual andava a lhe exigir cuidados redobrados demandando um milagre de última hora. Apenas repassava as ameaças que sofria nas mãos dos traficantes. Sua vida ficava por um fio a cada dia que passava e a grana ia escasseando.

XXXIII

Atalhado. *[adj.] quem se atalhou; impedido de continuar; interrompido; cortado; sustado.* (Estrutura morfossintática do português)

A SITUAÇÃO DE PAULÃO SE AFIGURAVA QUASE DESESperadora. Era a bola da vez dos traficantes. Seu amigo gerente não conseguia mais encobrir do chefe, fornecedor da coca, todas as besteiras que ele havia aprontado.

Paulão mais parecia um marreco, um iniciante no tráfico. Um vapozeiro que batia mais o bagulho do que vendia. E o pior era que, planejando um percentual de lucro maior, resolvera adicionar pó de mármore à droga, em vez de substâncias menos agressivas como sal de fruta ou amido da Maizena. O mármore podia causar inflamação nos brônquios, sinusite crônica e também sangramento nas vias respiratórias. Algum cliente importante fizera queixa, dizendo que Paulão havia vendido o bagulho misturado com vidro moído.

Tentou explicar ao amigo que tinha colocado só um pouco de pó de mármore para dar mais consistência e que o tal confundira vidro com mármore. Eram alhos por bugalhos e a batata de Paulão ia assando sem defesa.

A única saída seria compensar a bandidagem com uma nota preta, o que, na situação atual, só seria possível se chantageasse pesado o canalha do Nestor. E era exatamente essa a tônica do seu plano, apelar para o perigo que seria a esposa do Nestor, Rovena, ficar sabendo de suas tramóias amorosas. Ela era capaz de trucidá-lo e o estrago seria inesquecível. Além do que, Nestor morria de medo dela. Paulão contava justamente com esse detalhe para lograr êxito na negociata infame.

— Alô, Nestor? Aqui é o Paulão.

— O que foi agora, cara?

— Vou ser curto e breve: você me adianta uma grana, eu faço alguns negócios por aqui e te pago em um mês. Deixo você e Samanta em paz e não ligo mais para sua casa, certo? Olha que nós dois sabemos do que a Rovena é capaz...

— Quanto você quer?

O preço era alto, quase absurdo, e também existia a efetiva possibilidade de ele ficar nas mãos de Paulão para sempre. Ou, mais exatamente, até quando o dinheiro dele acabasse. Não era a melhor tática. O ideal era que Paulão sumisse do mapa.

Nestor, Samanta e os traficantes impacientes. Muita gente contrariada querendo dar cabo dele. Paulão devia cuidar mais da saúde, ficar mais quieto e, sobretudo, rezar mais vezes para o anjo da guarda.

OS ATALHOS DE SAMANTA

Mas Paulo Roberto Azambuja Lemos não era só um ex-namorado com dor-de-cotovelo, chantagista barato e vapozeiro endividado. Era, sim, um sonhador inveterado e um otimista nato. As coisas ruins não aconteciam com ele. Estava escrito. Podiam passar perto, raspando, mas na reta final ele era mais ele.

No entanto, admitia estar vivenciando um período de turbulências e convivendo com a ameaça de uma crise de identidade. Tinha consciência de que não iria passar o resto da vida como um mero aviãozinho trapalhão do tráfico. Seu sonho era ser um advogado na área dos direitos autorais. E daria um ótimo bacharel, com certeza.

No fundo, não tinha nada contra o Nestor e não lhe desejava nenhum mal. Amava a vida e tinha a sensação de que viera ao mundo com uma prerrogativa especial, que não compreendia mediocridades ou pensamentos mesquinhos. Com ele era tudo ou nada. Se trabalhasse em qualquer espelunca burocrática, com ar condicionado e cafezinho, ia acabar perdendo o melhor da vida ou metendo uma bala na cabeça. Era como ver o tempo passar numa cova em vida. Jamais se permitiria acomodado numa repartição ou coisa parecida mais de oito horas diárias. Logo ele, um aventureiro, um dançarino da vida e fiel apologista da liberdade. Além disso, vivia cansado. Sonhava com o eterno dolce far niente. Achava que merecia viver dessa maneira, mas não sabia explicar por que não nascera rico e em berço esplêndido. Um brasileiro a mais, perdido, em busca de suas vivências mais nobres e sempre a correr atrás de impossíveis benesses que nunca cairiam do céu.

XXXIV

A SITUAÇÃO CONVERGIA PARA UMA ESPÉCIE DE PÂNICO controlado. Nestor resolvera não aceitar a chantagem de Paulão. Não ia dar nenhum tostão, mesmo porque não adiantaria muita coisa. Concordara em seguir o conselho de Samanta e ir empurrando com a barriga, que, aliás, ficava cada dia mais aparente.

E essa agora de aquele infeliz ameaçar contar para sua mulher sobre Samanta? Havia ainda a possibilidade de ele poder desmentir, afinal não havia provas. Ou será que Paulão as tinha? Como ficara sabendo? No início ele se expusera demais. Fora a restaurantes badalados, passeara de mãos dadas, dera beijos de cinema, cheiros no cangote e outras bandeiras. Admitia-se agora, depois de derramado o leite, um amador. O que teria Samanta de tão extraordinário para tirá-lo dessa forma do prumo?

De extraordinário, nada mesmo. Se bem que de ordinária sobrassem predicados. Até Nestor não a levava muito a sério e nunca colocaria a mão no fogo por sua honestidade e retidão comportamental. Também ela não fazia a menor questão de se mostrar confiável, e isso teria de ser levado em conta. A explicação de sua sedução talvez fosse justamente esse dúbio jeitinho de vulgar angelical. Colegial enfastiada das boas ações. Uma versão da Justine de *Os infortúnios da virtude*, de Sade.

Voltando às preocupações imediatas de Nestor, além do avanço da barriga e do risco da esposa acabar sabendo de Samanta, seus cabelos, agora, começavam a cair acintosamente.

Careca, gordo e vítima de chantagens, isso poderia não acabar bem. Nestor estava consciente das cinzentas nuvens que ameaçavam tomar conta do seu outrora céu de brigadeiro.

Disposto a reagir, iniciaria um "quase" rigoroso regime e, para a premente calvície, providenciaria massagens quinzenais com touca térmica e microtransplantes de cabelo natural. Que envelhecesse, mas com dignidade. Enfrentaria a crise sem se desesperar. Quem sabe até o Paulão desistisse dessa bobagem de afligir a sua paz doméstica com a Rovena.

Enquanto isso Nestor ia conversando com os músicos para o disco de sua protegida. A pedido de Alarcom, convidara alguns instrumentistas que trabalhavam sempre com ele: Luís Marcello, nos baixos acústico e elétrico, e Válter do Trombone, no próprio.

Respeitados no meio, ambos possuíam talento e algumas curiosidades em torno das tendências e origens.

Com Luís, a adoção do sobrenome Marcello era proposital para criar o trocadilho ou formação parônima com *cello*. Seu nome verdadeiro era Luís Marçal. De Luís Marçal do *cello*, passaria para Luís Marcello. O curioso era que as pessoas confundiam violoncelo com baixo acústico. Talvez fosse o formato semelhante ou o arco. Mas a idéia sem sentido fora dele mesmo, que achara genial a tentativa de pleonasmo. Como ninguém o fez ver a verdade, ou seja, o ridículo da alteração, o novo nome seguiu e acabou ficando por insistência e repetição. Ou talvez numerologia inconsciente, afinal haviam criado escola e moda os benjors e sandras de sás da vida. Instrumentista precoce e dedicado, tivera aulas com Jamil Joanes e muito do seu suingue aprendera com o mestre. A maior influência, além do velho Wyman dos Stones, era o baixista do The Who, John Entwistle, e o sonho de consumo musical era ter presenciado um solo de Jaco Pastorius, tirando sons imprevisíveis e revolucionários do seu contrabaixo Fender sem trastes.

Já Válter, discípulo de Raul de Souza, era conhecido por ser um dos mais completos trombonistas de vara. A vara pequena propiciava um som mais agudo e a mais longa, um som mais grave. A especialidade dele era a vara longa. O que também gerara infames insinuações e duplos sentidos. Ninguém ao certo saberia dizer se ele era mesmo um bem-dotado. A fama musical-erótica corria, ele não se esforçava para desmentir e seguia assim impressionando com as varas ambíguas. Seu maior ídolo era Frankie Rosolino, a quem não se cansava de escutar, no clássico *Blue Daniel*. Vittor Santos, pela linha orquestral e arranjos de base, e o veterano J. J. Johnson, também eram mitos para ele.

O mais importante era que tinham competência, além de uma longa amizade com Alarcom, resultado de anos de trabalho juntos.

Como o combinado com Nestor era realizar o disco a um custo mínimo, Alarcom providenciara uma base simples e que desse conta dos arranjos o mais rapidamente possível: ele no violão, nylon e aço; Luís Marcello no baixo; Válter nos contrapontos de sopros, trombone de vara longa e de pistom, além do trompete; e as meninas, Brígida e Lalá Martelo, na percussão.

Poderia haver inserções e convidados nos teclados, samplers, bateria, guitarras ou algum backing vocal, caso fosse necessário. Mas a partir dessa base dava para começar o trabalho em estúdio.

XXXV

SAMANTA OU, MELHOR, SAM GREGÓRIO SE ANIMOU COM a boa notícia de que os músicos já estavam arregimentados para a gravação do disco. Agora era Nestor e Alarcom decidirem logo pelo repertório. Tinha idéia de incluir, pelo menos, duas composições da amiga Maria do Rosário. Uma que dona Glenda adorava e falava de juventude eterna — que lhe fora, inclusive, dedicada — e outra que tratava de amor e ódio, numa relação explosiva. Justo o que Samanta andava sentindo ultimamente por Paulão. Como a canção ainda não tivesse título, passaram a chamá-la de "Lesbiana chique".

Maria do Rosário, já pensando no futuro, prometera a parceria dessa música a Samanta, caso ela conseguisse incluí-la no repertório do disco.

Para o bem-estar geral, Paulão, inesperadamente, cessara os telefonemas e as ameaças. Devia estar dando um tempo para si e para os outros.

Naquele apartamento de Santa Teresa, onde agora moravam Samanta, a mãe e a costumeira hóspede Rosário, a atmosfera era de otimismo reinante.

Dona Glenda teimava em se olhar no espelho e alardear que estava ficando mais jovem. Os esfoliantes e as máscaras rejuvenescedoras de kiwi com abacate andavam surtindo um efeito melhor que o esperado. Psicológico ou não, sua antiga jovialidade voltava a resplandecer. Ainda era uma mulher bonita e bem fornida, apesar de neurótica.

Glenda dera agora para utilizar adesivos hormonais para estimular a libido após a menopausa. Ouvira maravilhas de uma amiga viciada nesses adesivos milagrosos. Já era tempo de Glenda saber quão perigoso seria intrometer-se nos desígnios da natureza. Para o bem de todos sua libido deveria permanecer quieta. Que não forçassem e provocassem seus instintos...

Rosário não se mudara com malas e bagagens, mas era como se tivesse mudado. Tinha espaço no armário para as roupas, escova de dente no banheiro e lugar cativo no lado esquerdo da cama de Samanta, na cabeceira da mesa e no canto do sofá diante da televisão. Era dela também o compromisso de ajudar nas contas e no condomínio. Fazia já, a bem dizer, parte daquela microfamília.

Oficialmente, porém, ela ainda morava no antigo endereço, mantendo o aluguel e indo de vez em quando para ouvir uns discos, tirar o pó e regar as plantas. Agindo dessa maneira, não pressionava ninguém e, numa emergência ou no caso de algum problema mais grave, teria para onde ir. Era melhor assim.

Na realidade, ninguém em Santa Teresa cogitava essa hipótese. Sua presença naquele apartamento caía como uma

OS ATALHOS DE SAMANTA

luva. Transformara-se, do dia para a noite, em peça fundamental na engrenagem das conveniências. Era quem agia, ordenava e direcionava quase tudo na casa. As coisas pareciam fluir naturalmente.

Embora Samanta tenha avisado que as duas deviam manter um relacionamento moderno e liberal, do tipo indefectível lesbian-chic — uma exigência natural de sua emergente e bombástica carreira —, Rosário, íntima e furtivamente, era quem levava mais a sério aquele joguinho de cena. Tanto que era ela quem mais procurava sexo. Samanta sentia-se confortável, satisfeita, mas irritava-se profundamente com qualquer comportamento machista da amiga.

E isso ficara evidente no desagradável episódio do retrato de Paulão.

Uma noite, dessas chuvosas, frias e inseguras, Rosário, arrumando as gavetas, acabou descobrindo uma fotografia de Paulão, guardada numa pequena caixa, entre as calcinhas de Samanta. Não se sabe se por associação de idéias — as calcinhas com o retrato do ex —, o fato foi que ela perdeu o controle e ameaçou uma encrenca por ciúmes. Exigiu que Samanta rasgasse aquela foto. Era um acinte, um desaforo, aquele pilantra, sem-vergonha, convivendo folgadamente com as calcinhas dela, privando de doces e particulares reminiscências. Um ultraje, sem dúvida.

Pega de surpresa, Samanta demorou a reagir. Nem se lembrava mais daquela fotografia. Entretanto, como já estivesse aguardando alguma reação de posse e castração por parte da amiga, contra-atacou à altura. Se ela estava incomodada pela fotografia do Paulão conviver amistosamente com suas roupas íntimas, de agora em diante a foto ficaria num porta-retratos, na sua mesinha-de-cabeceira. E que ela nem pensasse em rasgá-la, senão...

Rosário teve vontade de morrer. Rasgar a foto em pedacinhos, quebrar o porta-retratos e a cara de Samanta. Por que ela não rasgava aquela droga? Depois de tudo o que fizera por ela, sentia-se trocada por uma simples imagem.

Maria do Rosário podia ser altiva e vivida, mas não entendia ainda que rasgar a fotografia do ex fazia do passado um mito. As fotos de ex-amantes só são perigosas quando rasgadas.

O tempo foi passando e Rosário acabou por relevar aquela provocação e acostumar-se com a situação. De tal forma que nem reparou o dia em que o porta-retratos com a foto de Paulão desapareceu.

Aliás, não foi só a foto do Paulão que sumiu. Ele próprio também não deixara rastros. Continuava sem ligar para o Nestor, ou mesmo para Samanta e, aparentemente, Rovena também não ficara sabendo de nada. Afinal ela ainda se deitava com o marido e até recentemente mostrara-se carinhosa e dengosa com ele. Fato raro.

Nem o pessoal do morro, nem os amigos em comum, ninguém sabia notícias do Paulão. Talvez estivesse viajando.

XXXVI

ZIZA MEZZANO, ASSESSORA MAIS CONFIÁVEL DE NESTOR, é a encarregada da produção efetiva do disco. Acerta aluguel de estúdio, pesquisa os preços e a melhor opção de analógico ou digital, contrata o técnico de mixagem, reserva data com o especialista em masterização, confirma com os músicos e agenda para dali a um mês o início das gravações.

Agora era decidir o repertório, providenciar os arranjos de Alarcom e dar início aos ensaios.

Samanta já havia elogiado os dotes musicais da amiga Maria do Rosário para Nestor. Inclusive lhe tinha sugerido ouvir a fita demo que ela guardava. Era possível encontrar algumas pérolas, garantia ela. Nestor quase não consegue disfarçar sua total aversão à idéia. Não apreciava amadorismos ou pseudonepotismos improdutivos de qualquer espécie. Pega a fita, promete que vai ouvir assim que tiver um tempo, mas, na primeira oportunidade, claro, jogaria no lixo. Amadores, nem pensar.

Alarcom, por sua vez, continua lhe cobrando as músicas para iniciar os arranjos. A saúde psicológica dele vai se corroendo aos poucos e a misofobia torna-se cada vez mais incontrolável. Agora, com medo de contrair alguma doença, não dava mais a mão para ninguém. Acenava de longe e dava cumprimentos distantes, evitando aproximações maiores. No mercado, passava a idéia de convencido e esnobe. Só mais um músico na praça, nada de excepcional, calcule se fosse famoso. Mas depois de Dilermando, Turíbio, Baden, Tapajós e outros cobras, quem quisesse ser violinista famoso no Brasil só fazendo coisas diferentes. Sérgio Ricardo já tinha quebrado o dele, João Gilberto criara a bossa, a Rita tinha levado o violão do Chico, causando perdas e danos, e o queridinho da vez era um tal Yamandu.

Alarcom, que desistira havia muito da ingrata carreira de virtuose, investia agora em direitos autorais próprios. Já confidenciara a Nestor sobre um samba ainda inédito que Elizeth Cardoso ficara de gravar. Mas, infelizmente, falecera antes. Pensou em não mostrar a mais ninguém, muito embora morresse de pena de ver sua música, tão bonita, relegada ao ineditismo. Quem sabe com essa menina, a Sam Gregório? Nestor acha a idéia interessante e lhe pede para levar a fita com o tal samba para eles ouvirem e conversarem.

A bem da verdade, Elizeth nunca soubera a respeito do tal samba. Alarcom bem que tentara, mas não conseguira. No meio musical todo mundo sabia dessa história e ninguém mais a levava a sério. Mas como seu grande sonho sempre fora ter sido gravado pela Divina, resolve aproveitar a der-

OS ATALHOS DE SAMANTA

radeira chance, desenterrar o velho samba-canção e tentar incluí-lo no disco de Samanta. Ainda assim seria uma homenagem. Talvez mais póstuma do que ele havia imaginado, dependendo de como a música ficasse na voz da cantora estreante que odiava sambas. Mas correria o risco pela Elizeth. Pensando nisso, Alarcom procura Samanta para lhe falar da música e lhe mostrar a fita.

Samanta finge animação e, da mesma forma que Nestor fizera com as músicas de Rosário, promete ouvir com atenção, mas no fundo nem cogita em fazê-lo. Não iria gravar samba de ninguém. Um Cartola, um Paulinho da Viola, vá lá. Mas Alarcom, nem pensar.

Mas o que Samanta e Alarcom não suspeitavam era que os preços variavam de ocasião e os atalhos teriam sempre mais força quando complacentes e mútuos.

Em reunião, os quatro — Nestor, Alarcom, Samanta e Ziza Mezzano — combinaram um primeiro ensaio. Em pauta, as canções iniciais, a matéria-prima. Perguntado por Samanta sobre a poesia das composições de Rosário, Nestor desconversa e diz que elas têm algum valor. Eram simpáticas, sem dúvida. E o samba inédito de Alarcom para Elizeth, o que Samanta achara? Nada mal, nada mal. Tocante, mesmo...

No meio musical, quando alguém é questionado sobre o valor de alguma música e não sabe o que dizer, o código é: "Valeu, amigo, valeu." Ou ainda: "Nunca vi nada parecido." Ninguém pode dizer nada, e a segurança morria de velha em cima do muro. No entanto, quando considerassem simpático ou tocante, aí não restavam mais dúvidas, era uma droga irrecuperável.

Na falta de consenso, Nestor marca o ensaio para todos se conhecerem melhor. Em estúdio, músicos e intérpretes costumavam se entender. A química era mesmo diferente.

Brígida não poderia vir — estava em Vitória, num seminário sobre a origem e importância do pandeiro no cenário da música nacional —, mas Lalá Martelo garante que estará presente. Luís e Válter também confirmam presença.

Um pouco antes do ensaio, Samanta liga para Alarcom e lhe confidencia que gostaria verdadeiramente de ver incluídas no disco algumas das canções de sua amiga Rosário. No mínimo duas. Alarcom pondera achar difícil, afinal a compositora era completamente desconhecida e ele ainda não tinha ouvido a fita. Ela lhe garante que são ótimas e têm tudo a ver com ela. Alarcom pressente o momento favorável às negociações e propõe um acerto de interesses comuns. Explica a razão de sua insistência, retorna à ladainha da quase gravação de Elizeth antes de ela ter morrido e mostra emoção em poder homenagear a musa. Tenta convencê-la da importância daquele registro histórico, que seria começar onde a divina Elizeth terminara. Samanta admite sua ignorância a respeito e confessa que, apesar de ter ouvido falar dela, nunca a ouvira cantar. Alarcom tem ganas de enforcá-la, mas finge não ter reparado naquela heresia e comunica suas intenções, agora sem mais delongas: ele aceitaria incluir as músicas de sua amiga em troca da gravação da canção em homenagem a Elizeth. O que ela achava da permuta? Eram atalhos perfeitamente associativos e convergentes. E de atalhos e veredas ela entendia bem. Feito o acordo, agora era só convencer Nestor, e isso Samanta garantia não se tratar de grande dificuldade. Alarcom mostra-se mais aliviado e com ânimo redobrado, e Samanta fica doida para contar tudo a Rosário.

O disco já tinha as três primeiras músicas.

XXXVII

Atalhar-se. *Pejar-se; confundir-se; embaraçar-se.* (Dicionário de sinônimos Lello)

UM DETALHE VIRIA DESTOAR DE TODA A ALEGRIA QUE Samanta andava experimentando nesses dias de pré-gravação do disco. O amigo Kiko Martini escrevera da Bahia — de Porto Seguro, onde tinha ido passar uma temporada de férias —, avisando que não pretendia mais voltar. Tinha reencontrado Fernandão, um antigo caso, agora sócio de uma pousada. Ele o convidara para ficar por lá, pintando suas marinas e dando aulas de pintura. Haviam reatado o namoro e planejavam um futuro de paz e felicidade naquelas paisagens cabralísticas e tropicais. Muita tranqüilidade, melhor qualidade de vida e o básico, que era o amor entre iguais. Estava radiante e só lastimava ficar longe dos amigos. Que ela, assim que gravasse o disco, fosse fazer uma excursão pela Bahia e aparecesse por lá para conhecer a pousada e o Fernandão. Que tomasse cuidado com a megera da Ziza Mezzano e com o malandro do Nestor. Manteriam contato, queria ficar informado de tudo que estivesse acontecendo no Rio. A pousada do Fernandão era informatizada e poderiam trocar correios eletrônicos ou viver no ICQ.

Kiko Martini deixaria uma lacuna na vida de Samanta. Já se acostumara às confidências, fuxicos e aconselhamentos com ele, mas, no fundo, aceitava de bom grado a chance de ele ir para Porto Seguro, retraçar os caminhos. Lá, como o próprio nome do lugar sugeria, haveria de reencontrar seu cais de segurança e o refúgio de tantas tormentas e odiosas calmarias. Ele bem que merecia.

Ainda elucubrando a respeito do repertório do disco, Nestor procura por um determinado rapaz, único herdeiro de um compositor já falecido e que, um tempo atrás, lhe havia oferecido umas músicas inéditas que o pai tinha deixado. A intenção era comprar a autoria e incluir no disco de Sam Gregório. Todo mundo fazia isso, e com ele não seria diferente. Queria ao menos um registro que servisse como legado para seus filhos mostrarem aos netos. Uma espécie de vitória sobre a limitação humana, poder sobreviver por mais tempo após a morte.

Alguns compositores, ainda hoje, preferem vender seu trabalho por uma ninharia do que esperar pelo tempo que leva a gravação, a remuneração dos direitos autorais e ainda ter de correr o risco de fazer ou não sucesso. Era o passarinho na mão.

O tal filho do compositor morava em Mesquita, era uma pessoa bem humilde e arranhava um violão. Nestor não tivera nenhuma dificuldade em negociar com ele e propor um preço quase irrisório pela música, já que o menino parecia bastante necessitado. Gostara de uma que falava de um amor impossível e que o rapaz lhe mostrara no violão. Chamava-se *A vida é assim*.

Ali mesmo, num gravador de bolso, registra a melodia e a letra e passa o cheque para o rapaz. Diz para ele passar depois na firma a fim de assinar o recibo.

Tomado por completa ansiedade, liga para Alarcom e pede para ele vir correndo: queria mostrar uma música. E que fosse já.

Como bem dizia Sartre, sempre é fácil obedecer quando se sonha comandar. Dali a minutos chega Alarcom. Depois de ouvir a música com cuidado, desconfia já ter escutado aquela melodia em algum lugar. Nestor argumenta ser impossível, uma vez que era inédita, e ele havia acabado de comprar ou, melhor, compor.

Alarcom, com todo o jeito, garante que a música já existia. Talvez o Nestor tivesse inconscientemente copiado, ou, melhor, escutado e repetido a melodia, o que era absolutamente normal e acontecia até com os melhores compositores. Mas o que mais o intrigava era a letra. Tinha certeza de que já ouvira alguma coisa, se não idêntica, bem semelhante. Prometeu pesquisar e retornar com o veredicto. Mas a música era ótima, sem dúvida.

Sozinho em sua sala, Nestor começa a desconfiar da seriedade daquele rapaz humilde de Mesquita, com cara de pobre idiota. Será que, com tantos anos de mercado, tinha sido ludibriado? Devia ter se acautelado e feito as coisas com mais calma. Tudo por afobamento e vaidade imbecil.

Que seus filhos e netos arrumassem algo melhor para lembrá-lo. Do legado póstumo já bastavam os anos aturando as manias de Rovena e aquela vida aborrecida em família que levava com todos eles. Sentia-se ridículo e amargurado. E, como quem não gosta de estar consigo mesmo em geral está certo, conforma-se e tenta pensar em outra coisa mais animada.

XXXVIII

OS PRIMEIROS ENSAIOS TRANSCORRIAM COM ÓTIMO AStral. Luís Marcello, o instrumentista parônimo, ficara deslumbrado com Samanta. De cara e por nada. Ela fingia nada perceber e exercia livre e descuidadamente todo seu charme. Válter do Trombone, o bem-dotado musicalmente ou mais além, era mais fechado, mas grande praça e bom companheiro. Alarcom costumava dizer que ainda não conhecera ninguém que quisesse brigar com ele. Brígida, de volta do seminário sobre o pandeiro em Vitória, era só animação e comentários sobre sua participação no evento.

Os dois maiores amores na vida de Brígida eram Lalá e o pandeiro. Sabia tudo sobre o instrumento e a vida de João da Baiana — filho de Tia Presciliana de Santo Amaro, caçula de uma família de 12 irmãos e apontado como o responsável pela introdução do pandeiro no samba. De fato, fora exímio pandeirista. Um dos melhores. Ainda escreveria uma biografia sobre a vida dele.

Das duas, Lalá Martelo, embora menos estudiosa e teórica, era quem mais tocava. A fama da batida e do ritmo sincopados atravessava fronteiras. Recentemente fora convidada a ir ao Japão para dar aulas de percussão e se apresentar nas universidades. Bem típico da curiosidade cultural e exotismo nipônicos. Mesmo assim, é bom saber que o Japão de vez em quando costuma valorizar mais a nossa própria música do que nós mesmos. Na terra do sol nascente a arte de Lalá era reconhecida e admirada, como já havia acontecido com Miúcha, Wanda Sá, Rosa Passos e Joyce, entre outros. Os convites eram tentadores, mas ela não fora porque Brígida criou caso e ameaçou cortar os pulsos. Brígida era assim, profundamente radical e objetiva. Além de possessiva e ardilosa ao extremo, é claro.

Ainda assim, nossos músicos e artistas se entendiam e iam se conhecendo na intimidade e camaradagem do estúdio, exatamente como Nestor havia planejado.

Conforme Samanta preconizara, ele acabaria não se opondo à gravação das músicas compostas por Maria do Rosário, tampouco do samba-exaltação a Elizeth, do Alarcom. Tudo havia saído de acordo com o combinado. Foram necessários somente algumas chibatadas, dois ou três castigos mais originais e mais uma dose de acupuntura retal.

Nestor já estava ficando dependente das sessões de sadomasô com Samanta. E a cada pequena orgia a intensidade e realidade das punições tendiam a aumentar. Só que eles, com a excitação e libido degeneradas, não estavam se dando conta. Um dia teriam de seguir algum comedimento ou bom senso, senão aquela fantasia podia acabar mal. Dito de outro modo, chegaria o dia, ou a noite, em que Samanta, tendo acordado de mau humor, contrariada ou com alguma manifestação sintomática pré-menstrual, iria querer arrebentar de vez com ele.

Mas Nestor não estava preocupado com isso. Queria encontrar o tal rapaz humilde de Mesquita, que, aliás, ele nem sabia se morava mesmo em Mesquita. Ninguém atendia mais no endereço em que se encontraram pela primeira vez. Nem o porteiro nem ninguém em Mesquita ouvira falar dele. Era óbvio também que o garoto não iria mais aparecer para assinar o recibo.

Pior foi quando Alarcom chegou com a notícia de que a música já existia mesmo. Era um samba-canção do início da década de 1950, período no qual esse estilo musical e a música de fossa anteciparam a chegada da revolucionária bossa nova. Bem pouco conhecida, com o título de *A vida é assim*, fora registrada por um tal de Cândido de Oliveira, seresteiro e sambista inexpressivo, que lançara alguns compactos pelo selo Continental na época de ouro dos sambas de carnaval. Ninguém nunca mais soubera dele. Mas a música existia e constava de edição.

O diretor-executivo de marketing Nestor não sabia se ficava com raiva ou envergonhado. E agora? O que ele iria fazer? Alarcom sugere contratar um detetive e ir à cata do sacana que lhe vendera a música como inédita. Mas Nestor, bem no seu íntimo, já estava preferindo não mexer mais naquele assunto delicado. Quanto mais aquilo rendesse, mais ele ficaria parecendo um trouxa neófito. Além disso o preço do detetive ia sair mais caro do que a compra da música.

— Foi tão barato assim, Nestor?

— Nessas horas, meu caro Alarcom, é que a gente vê como o barato acaba saindo caro...

— Muita moleza, a gente deve sempre desconfiar...

— O pior é que eu tinha gostado tanto da música.

— Por que não gravamos mesmo assim?

— Vai dar muito trabalho localizar esse tal Cândido de Oliveira ou quem quer que tenha ficado com o direito autoral.

— Eu tenho um advogado que resolve essa furada num instante.

XXXIX

MAXIMILIANO JÚNIOR NÃO ERA UM ADVOGADO FAMOso. Nem brilhante, é verdade. Mas pertencia a uma gloriosa linhagem de juristas de três gerações: o velho Maximiliano, verbete de compêndios de direito; seu filho mais ilustre, Maximiliano Filho, conhecido e respeitado por algumas jurisprudências no âmbito do direito criminal; e o neto bem-sucedido, Maximiliano Neto, advogado de famosos e primeiro diretor jurídico do sindicato dos artistas do estado. O quarto membro dessa dinastia jurídica era Maximiliano Júnior, ou Mad Max, como era conhecido na intimidade.

Max Júnior sempre quisera ser músico. Tanto que, nas horas vagas, tocava pistom. Aliás, ultimamente, suas horas vagas vinham excedendo em muito as tarefas como advogado. Mas a tradição da herança genética e algumas ameaças paternas ainda o obrigavam a persistir na lida, mesmo contra a vontade. Quis o destino, no entanto, que ele arrumasse uma maneira de se sobressair. Metera-se no meio musical e advogava para todos os músicos e afins, tornando-se um razoável especialista em direitos autorais. Tinha cursado a Faculdade de Direito com o filho de Alarcom e era um assíduo freqüentador de sua casa, principalmente nas noitadas musicais. Alarcom tinha-o como um filho e sabia das suas manhas e casos mais famosos. Como, por exemplo, o que dera origem ao apelido. Passara a ser Mad Max após uma audiência trabalhista, bem no começo da carreira. A demanda envolvia uma firma de cosméticos e uma vendedora comissionada. Como no dia da audiência o advogado da firma tivera problemas, ele fora mandado às pressas, em seu lugar, ao tribunal. Além da inexperiência, havia também o pouco conhecimento da causa. Mad Max estava bastante nervoso e inseguro. E como agravante havia o fato de ele exagerar nas gírias e palavrões quando se expressava ou tentava se comunicar. Herança do convívio direto com boêmios e malandros de toda espécie. Com o decorrer do processo, e a juíza a lhe fazer perguntas e mais perguntas, Mad foi ficando cada vez mais embaraçado, repetindo gírias e deixando escapar palavrões como vírgulas. Para piorar a situação — como se ainda fosse possível —, a juíza tinha fama de exigente e temperamental. E naquele caso, e com a forma como Mad se expressava e se confundia, nem seria necessário muito rigor para alguém lhe exigir melhor conduta e um mínimo de lógica em suas explanações ou tentativas de algo semelhante. A situação ficou fora de controle a partir do instante em que a juíza interferiu na proposta de acordo da reclamante:

— Minha filha, você tem mesmo certeza de que aceita o acordo proposto aqui pelo doutor...

— Maximiliano Júnior, Excelência.
— Isso. Doutor Maximiliano Júnior.
E a reclamante, com olhar atônito e cara de vítima:
— O que a senhora me aconselha, Excelência?
A juíza argumenta que ela deveria ser informada de seus direitos e ter plena consciência dos valores constantes da proposta de acordo. Mas Mad Max não entendia dessa forma:
— Porra, Excelência! Isso é uma parada que o advogado aí dela tá sabendo. Já tinha acertado tudo, tá ligada? Agora vai querer dar pra trás?
O constrangimento tomou conta da sala. Todos os presentes viram a juíza, de início ainda estupefata e incrédula, aos poucos ir se transformando até ser acometida por uma síncope.
— Naturalmente o doutor Maximiliano sabe que, segundo o Código de Processo Civil, falar o idioma, e com um mínimo de compostura, acrescentaria eu, é dever e obrigação de um representante legal.
— Só sei falar desse jeito, Excelência. Agora, acho que é sacanagem a senhora ficar se metendo na parada e complicando minha vida. Com todo o respeito, Excelência.
— Vou tentar ser um pouco mais clara, doutor: o artigo 156 do Código obriga o uso do vernáculo em todos os atos e termos do processo. Caso contrário, serei obrigada a considerar sua participação, além de infeliz, inepta, leviana e de baixíssimo calão.
Maximiliano Júnior, naquela etapa da vida, não fazia a menor idéia do que pudesse significar as palavras vernáculo, inepta e calão. Mas continuava criticando a juíza,

alegando que ela estava se metendo demais e atrapalhando tudo.

— Fica falando um monte de bagulho aí que eu não entendo, Excelência! Deixa a moça aí decidir de uma vez, cacete!

Fora a gota d'água. A juíza, justificando desacato, dera-lhe voz de prisão e chamara a autoridade policial para encaminhá-lo à delegacia. O problema foi que ele não aceitou de jeito nenhum ser preso. Primeiro porque não estava entendendo a razão e segundo porque era bom de briga. Foi um alvoroço inesquecível. O aparato policial foi mobilizado e, a duras penas, ele acabou sendo levado para longe da juíza, antes que pudesse concretizar uma besteira maior, já que insistia, possesso e alardeando a quem quisesse ouvir, que ia, com todo o respeito, enfiar a porrada em Sua Excelência.

Horas mais tarde ele acabou sendo solto pelo pai após pagamento de fiança, seguido de vários pedidos de desculpas à juíza e, como era de se esperar, também fazendo valer o nome e invocando a tradição de todos os Maximilianos da família.

Mas convencer Mad Max a esquecer tal episódio não seria fácil e ainda levaria um tempo. Foi-lhe asseverado que o fato de bater numa juíza trabalhista não serviria como imagem muito positiva para sua carreira. A muito custo ele colocou uma pedra em cima do assunto, desde que, é claro, não desse de cara com ela.

Assim era o doutor Maximiliano "Mad Max" Júnior. Resoluto, mal-acostumado, imprevisível e brilhante estrategista. E era esse profissional lúdico e destemperado que

OS ATALHOS DE SAMANTA

Nestor, aconselhado por Alarcom, contratara para tentar resolver o problema da música comprada e não levada, o samba-canção *A vida é assim*, de um tal Cândido de Oliveira, seresteiro quase anônimo, de quem ninguém mais ouvira falar e sabia o paradeiro.

XL

Atalhar. *[t.d.] tornar mais breve; encurtar; resumir.*
(Dicionário prático de regência verbal, Luft)

DEPOIS DE SE INTEIRAR DO CASO, O DOUTOR MAXIMILIANO Júnior, nosso mui prezado Mad Max, levantou algumas hipóteses. Procurar pelo inescrupuloso rapaz em Mesquita e tentar reaver a quantia paga pela canção era inviável. Ainda mais que o próprio Nestor nem estava pensando mais no dinheiro. Queria apenas transmitir seu legado de compositor popular aos futuros netos.

A saída era encontrar seu Cândido seresteiro, mas Alarcom já avisara ser tarefa quase impossível. Ele sumira sem deixar vestígios ou parentes. A experiência do doutor Mad Max no assunto iria ser decisiva. Ele aprendera na prática que as editoras sempre buscavam seus recursos nos registros dos discos e nos borderôs dos espetáculos e shows realizados pelo país. E, como tudo estava informatizado, o risco de gravar a música e colocar o nome de Nestor como autor era grande.

Mudar a letra e manter a melodia, além de dar trabalho, pouco ou nada adiantaria para evitar problemas com a editora original. A solução era editar com a mesma letra e harmonia, manter tudo como estava e só alterar o título da composição. Tudo seria feito como se fosse um erro de digitação — essa era a idéia. Mad Max dava a sugestão:

— O negócio é trocar o nome da música: em vez de *A vida é assim*, "Ávida é assim", por exemplo.

Nestor não acreditou naquele plano esdrúxulo. Era tudo muito grosseiro. Esse tal de Mad Max devia ser um alucinado. Mas era a melhor opção, assegurava o advogado. Alarcom também se mostrava inseguro, se bem que confiasse plenamente em Mad Max. O que ele falasse era lei.

Depois de considerar todas as opções, Nestor começou a se acostumar com a proposta do advogado. Afinal, ele era ou não o entendido no assunto? Mas que pelo menos fosse cantada como "ávida", e não "a vida". Max explicou que tanto fazia. Podia ser cantada de qualquer jeito, pouco importaria.

Ficou decidido então que a música seria editada como *Ávida é assim*, parceria de Nestor Maurício de Sá Nogueira e Alarcom Ferreira, gravada no disco de Sam Gregório. O mais importante era que absolutamente ninguém mais soubesse da trama. Nem a própria cantora.

Nos ensaios que se seguiram, Samanta, apresentada à nova canção, simplesmente encantou-se com o nonsense da letra, que falava que "ávida é assim". Bem bolada. Mas quanto à autoria de Nestor, isso ela não engolira. Na certa era mais um conchavo entre ele e Alarcom, este sim o verdadeiro autor da música. Mas para ela pouco importava, gostara do arranjo que mudava o samba-canção para um tipo de folk music, com poesia de vanguarda. *Ávida é assim* definitivamente iria fazer parte do disco e Mad Max conquistara a confiança da cúpula da gravadora, através de Nestor. No fim, todos ganhavam.

Pensando bem, até seu Cândido seresteiro, seja lá onde estivesse, ficaria orgulhoso de ver sua música reeditada, assim, em grande estilo.

Por um atalho ou por outro, o destino prevalecia. E mesmo a verdade sendo um argumento muito forte, a mentira, às vezes, podia convencer por mais tempo um número maior de pessoas. Verdades que desagradavam perdiam para mentiras convincentes ou úteis. E essa era uma máxima fundamental para todos os possíveis atalhos.

XLI

No ENSAIO DA ÚLTIMA SEMANA, UM CERTO PROCEDImento começava a se repetir sem espontaneidades. Cada vez mais, Luís Marcello se desmanchava para Samanta. Alarcom já havia percebido e observado o perigo e o inconveniente que significaria um problema desse tipo com a cantora amiguinha do produtor. Mas os jovens sempre entendem que ninguém entende mais nada além deles. E dizia estar tudo sob controle. Mas não estava, e Alarcom pressentia dissabores.

Da parte de Samanta, quanto mais admiradores e súditos, melhor. E para isso não economizava trejeitos e dengos. Todo decote era estrategicamente voltado na direção do pobre. As palavras mais sussurradas, o piscar de olhos, o deixar-se mais lânguida, as risadinhas cúmplices, os abraços mais demorados. Sempre com possíveis segundas intenções. Mas, para quem a conhecia e sabia dos seus truques, aquele jovem instrumentista, com cara de cachorro tarado, nada iria representar para ela além de uma paquera espúria. Charme e campo de treino para jogadas maiores.

Conforme compôs Djavan, era mais fácil aprender japonês em braile do que Luís Marcello conseguir aquela mulher. Parecia um jogo de cartas marcadas: o contrabaixista ia se perdendo, enquanto Samanta, tal qual uma tarântula, permanecia à espera de que ele sucumbisse de vez para a cruel degustação. E seu veneno era filtro de muita prática nessa espécie de canto urbano da sereia. Uma iara da zona sul que amava os marinheiros mais fáceis.

Mas as cartas marcadas não mostravam algo mais forte e intenso que crescia à solta, escondido nas malhas da pior das sedições. Era o romance secreto de Válter do Trombone e a cantora-sirena. Todas as atenções voltadas para o assédio escrachado de Luís Marcello e ninguém percebia as olhadelas sequiosas de Samanta para o trombonista.

Desde que começou a ouvir falar naquela história dúbia de varas longas e graves do rapaz, Samanta ficara interessada. Aquele homem barbudo de cabelos cacheados e com cara de anjo sujo podia ser tudo menos um superdotado. Não combinava com seu jeito menino e conflitante de existir. Mas a cantora, sempre que a ocasião permitia, fotografava o fecho ecler e a braguilha do músico. Disfarçadamente, procurava por indícios que pudessem levar a uma avaliação mais certeira. Bisbilhotava o volume através das calças, além de outros detalhes, e, se pudesse, pediria licença e finalmente apalparia.

Para apimentar a trama ainda mais, Válter fingia-se desinteressado. No começo, talvez estivesse mesmo. Além de profundamente distraído, Válter, quando se encontrava ao lado do trombone, só tinha olhos para o instrumento. Mas, com a continuidade dos encontros nos ensaios, inevitavelmente ele acabaria se aproximando dela — embora ninguém fosse capaz de reparar. Discreto, falando baixo, insinuando olhares, comme il faut.

A desculpa para ficarem sozinhos veio rápida. Válter sugere uma passagem de música que precisava ser revista com mais calma. Ele pretendia inserir um solo de trompete e compartilhá-lo com o timbre da voz dela.

Na saída do estúdio, ninguém notou quando eles marcaram de se ver mais tarde. Só que não podia ser na casa dela em Santa Teresa. Sua mãe não seria problema. Ultimamente, dona Glenda não parava em casa. Freqüentava um curso de dança para a terceira idade, e agora só falava num tal professor de tango, um jovem mulato milongueiro nascido em Niterói, que vivera durante um bom tempo em Buenos Aires. Vivia pelas churrascarias dançantes, clubes e gafieiras da cidade, dando seus passinhos e sabe Deus o que mais. Já Rosário...

Acharam melhor ir na casa dele, que morava sozinho num apartamento ali perto, no Bairro de Fátima.

Prepararam um miojo e abriram uma garrafa de vinho nacional. Válter explicou sua paixão pelo trombone. Falou da importância da embocadura na emissão sonora através da vibração dos lábios em contato com o bocal. Enquanto ele falava, Samanta só pensava no duplo sentido. E imaginava o que não faria por aquela embocadura toda, vibrando em seus lábios, com todo aquele bocal.

Abriram a segunda garrafa e continuaram se conhecendo melhor. Válter explicou o que seria um staccato no trombone de vara. O staccato acontecia quando a língua obstruía e liberava a passagem de ar que vinha do tórax. A língua golpeava por trás dos dentes superiores, causando uma pequena explosão. E, para demonstrar o que dizia, fez o gesto golpeador do staccato com a língua. Samanta, àquela altura, meio embriagada, idealizou sua vagina como um trombone, implorando por um golpe de língua qualquer...

A noite terminaria com mais vinho barato, sexo idem, staccati e línguas vibrantes. E uma ressaca no dia seguinte, moral e física.

No andar daquela carruagem Nestor patrocinava, Ziza Mezzano produzia, Alarcom arranjava, Rosário cuidava, Paulão ameaçava, Lalá e Brígida não estavam nem aí, dona Glenda negligenciava, Luís Marcello dava em cima e Válter, do trombone de vara, comia.

Não que fosse assim tão importante, mas a verdade precisava ser restabelecida ou confirmada. Válter era mesmo bem-dotado e Samanta se acostumou com isso muito bem. Era uma questão de aptidão, calma e controle da dor e do prazer. Sua grande fantasia erótica — transar com um crioulo enorme e luzidio — dera lugar ao sexo incomum com aquele músico de fronte angelical e vara de sentido duplo.

Samanta gostava de Válter do Trombone, de sua rara compleição física e anatômica, do seu staccato e da sua quitinete no Bairro de Fátima, válvula de escape e cantinho de luxúria e perdição. Mas não o amava. Paulão, mesmo com todos aqueles defeitos e sem nenhuma embocadura, era quem mais tinha chegado perto de transformar sentimentos incertos em louca paixão.

Mas Paulão desaparecera de repente. Ninguém mais ouvira falar dele. Será que aprontara alguma e os traficantes tinham dado um jeito nele?

XLII

Atalho. *XV [do lat. vulg. taleare, de taléa] dev. Deverbal de atalhar: a. talh. ar.* (Dicionário etimológico da língua portuguesa)

NESTOR ESTAVA TENDO DIFICULDADES COM OS FIGURÕES da MPB. Havia contatado Gil, Paulo César Pinheiro, Sueli Costa, Carlinhos Brown, Arnaldo Antunes, até Guinga, Peninha e Michael Sullivan. No entanto, só recebera promessas vagas. Ziza Mezzano entrara então em campo e, com seu apurado faro para novos talentos, já selecionara alguns compositores e conseguira algumas músicas. Nestor confiava nela cegamente.

Havia a ameaça real do disco ficar uma droga. Tinha duas baladas de Rosário, uma compositora inédita e duvidosa; uma homenagem fajuta de Alarcom a Elizeth e um samba-canção comprado em Mesquita e recém-transformado em samba-folk.

Alguma coisa deveria ser feita urgentemente para melhorar o nível e Ziza era craque nisso. O paulista Luiz Tatit foi convidado, com sua genial *Capitu*, já gravada por Ná Ozetti. O mineiro Vander Lee contribuiu com a linda e crucial *Românticos*, gravada por ele mesmo e pela maranhense Rita Ribeiro. E também a piauiense Patrícia Mello, com o eloqüente e clamoroso pedido de socorro na canção *Tardes*.

Agora a turma já tinha com que se divertir em estúdio. Alarcom, com as novas composições de evidente melhor qualidade, pede a Ziza para convidar um tecladista. Os arranjos estavam ficando limitados, repetitivos e o piano fazia falta.

Ziza conhecia uma pianista gaúcha, Cristiana Ortega, que era fora de série. Por uma feliz coincidência ela estava morando agora no Rio. Alarcom ficou logo animado. Mas havia um porém: a moça era pianista clássica. Alarcom voltou a desanimar. Não sabia trabalhar com esse tipo de gente. Nunca ficava à vontade.

Ziza compreendeu o natural receio do arranjador em lidar com músicos de formação erudita e, portanto, presumidamente mais preparados do que ele. Contra-argumenta que conhece o lado popular da pianista. Já havia tocado em casas noturnas e saraus em Porto Alegre. Lembrou que Radamés Gnatalli sempre quis ser erudito e sua sina foi ser popular. Além do mais, a Cristiana era uma virtuose modestíssima. Mesmo especialista nos corta-jacas de Frutuoso Vianna, nas danças de Guarnieri e profunda entendedora de Shostakovitch, gostava de Ângela Rô Rô e tinha até disco do Benito di Paula.

Diante de um currículo tão eclético e extravagante, Alarcom se rende à vinda da tal pianista gaúcha. Muito embora depois confidenciasse a amigos sua dúvida caetana: uma pianista clássica que gostava da Rô Rô e tinha em casa discos do Benito di Paula não era normal. Alguma coisa devia estar errada. Ou não?

Na verdade, os discos do Benito e a afinidade musical com Ângela Rô Rô foram inventados por Ziza na tentativa de convencer o complexado e desconfiado arranjador. Cristiana Ortega também nunca havia tocado na noite. Sua família tradicional, considerada tanto infame quanto rigorosa, jamais permitiria. Mas era uma ótima pianista e o Alarcom que se virasse com ela.

XLIII

Naquela manhã, em Santa Teresa, Samanta acordou com a nítida sensação de que algo de grave ou trágico iria acontecer. Volta e meia tinha essas premonições. Nunca davam certo, mas ela sempre se atemorizava. E não foi diferente aquela manhã.

Depois do café, batem à porta. Seria um sinal? Não, era o porteiro entregando a correspondência. Contas a pagar, propaganda, o de sempre. Havia uma carta endereçada a ela, sem remetente. É a primeira a ser aberta. Samanta fica pálida. Dentro do envelope, num papel em branco, uma mensagem escrita com letras recortadas de um jornal: "Quando era vela, nunca me iluminou; agora que é cotoco, quer me queimar."

O que significava? Mostrou a Rosário, que logo desconfiou do Paulão.

— Só pode ser coisa dele, Samanta.

— Mas a pessoa me chama de vela. Paulão nunca me chamou assim.

— São metáforas, Samanta.

— Metáfora, uma ova. Não sou cotoco de ninguém. Deve ser a mulher do Nestor, aquela invejosa...

— Alguém está querendo dizer alguma coisa. Uma charada, talvez.

— Só pode ser a cretina da Rovena, para me chamar de cotoco. Aquela charadista.

— Acho melhor procurar a polícia e mostrar a carta.

— E a gente vai dizer o quê?

— Sei lá.

— Estou começando a ficar com medo...

Rosário tirou da cabeça de Samanta a idéia de que pudesse ser Rovena a autora da mensagem anônima. A mulher do Nestor era mais sofisticada. Tudo indicava ser mesmo o Paulão.

Ninguém atendia no telefone dele. Tentavam há dias e ninguém respondia. Como Samanta e Rosário conheciam o endereço dele, foram até lá. Alguns operários estavam trabalhando no apartamento e nunca tinham ouvido falar de ninguém com o nome de Paulão. Procuraram o porteiro, que informou que ele havia deixado o edifício fazia quase um mês. Com pouca bagagem, uma mochila grande nas costas, umas duas sacolas de supermercado na mão e não dissera nem um bom-dia.

Já tinha ido um monte de gente atrás dele. Inclusive uns tipos bem estranhos e mal-encarados. Ele pensou até em chamar a polícia, mas eles nunca mais voltaram. As duas agradeceram e saíram dali depressa.

O que teria acontecido com o Paulão? Na certa, se metera em alguma encrenca pesada. Samanta lembrou que tinha um telefone de recado de uma tia dele afastada. Telefonaram para ela. A princípio a tal tia ficou um pouco desconfiada e reticente. Aos poucos, e reconhecendo a voz de Samanta, desabafou com ela:

— Paulão morreu, minha filha! Mataram ele.
— Como foi isso, meu Deus?
— Disseram que foi uma roleta-russa com alguns amigos no morro. A autópsia indicava dois tiros.
— Ninguém morre numa roleta-russa com dois tiros, minha senhora.
— Pois é, foi o que eu falei. Falei não. Pensei. Porque eu não ia falar nada, não queria me comprometer.
— E ele morreu na hora?
— Falaram que foi levado para o hospital com vida. Uma bala entrou pelo pescoço e se alojou na clavícula. A outra atingiu o pulmão direito, causando hemorragia e lesões respiratórias.
— Ele não resistiu aos ferimentos?
— Não sei.
— Como não sabe?
— Não fui no hospital. Sabe como é, começaram a me fazer uma porção de perguntas e fiquei com medo. Não liguei mais. Se ele melhorasse, saberia onde me achar.
— E ele procurou a senhora?
— Nunca mais.
— E como a senhora sabe que ele morreu?
— Uma semana depois, recebi a ligação, voz de homem, dizendo que ele tinha pago uma dívida antiga. Foi levado do hospital e queimaram o corpo dele com pneus e gasolina. O resto foi enterrado num cemitério clandestino no Morro dos Macacos, lá em Vila Isabel.

— Mas a senhora não comunicou à polícia?
— Meu sobrinho morreu. Vou só rezar pela sua alma para que ele descanse em paz. Agora, se me dá licença, tenho muito o que fazer...

Samanta desliga o telefone em estado de choque. Paulão podia ser tudo, mas não merecia um fim desses. Amparada por Rosário, ela chorou convulsivamente.

XLIV

Até dona Glenda, que nunca simpatizara com Paulão, ficou condoída. As gravações seriam interrompidas por alguns dias, pelo menos até Samanta se recuperar. A cantora estava um trapo. Inconformada, custou a desistir de ir em busca do corpo do ex-namorado. O que ela iria fazer no Morro dos Macacos? Procurar pelo jazigo da família Azambuja no tal cemitério clandestino? Acabaria ainda tomando uns tiros. Rosário impediu-a de fazer essa tolice. Nestor teve de disfarçar muito bem para não deixar transparecer a satisfação. Mesmo assim, como na morte todos costumam melhorar, até ele ficou penalizado, embora sempre esperasse por esse fim. Não tinha avisado? Quem se mete com fogo acaba se queimando. No caso do Paulão, literalmente.

Humores e rumores à parte, a vida não podia esperar. Ziza Mezzano tinha encontrado mais uma canção. E essa com cheiro de sucesso. Era uma versão de um clássico de um antigo conjunto inglês do período cretáceo, lá dos tempos quase imemoriais do rock'n'roll, o The Dave Clark Five. Tratava-se do sucesso *New kind of love*. A novidade era que um amigo de Ziza, que morava em Los Angeles, tinha lhe passado o "pulo do gato do momento" por lá. Havia nos Estados Unidos uma corrente de espertalhões especializados em se apoderar de algumas autorias, tomando por base determinados nomes que seriam bem comuns e, por conseguinte, de difícil identificação. A coisa funcionava mais ou menos desta maneira: eles recolhiam músicas quase esquecidas e registradas com esses nomes populares e que passavam despercebidas pelas redes de contabilização das sociedades de direitos autorais. O caso do The Dave Clark Five era emblemático, pois a maioria das músicas era quase toda assinada e registrada em nome dos parceiros Clark e Smith, sobrenomes mais do que batidos por aquelas bandas. Comparáveis ao Lee nas Coréias; Franz em Frankfurt; Manuel e Joaquim na terrinha; Ribamar no Maranhão; Vladimir na Ucrânia; Severino nas secas nordestinas e Silva por todo lado. Não tinha erro. Era só fazer a versão e faturar. Ziza recebeu as fitas com algumas músicas do grupo e escolhera *New kind of love*, do álbum, de 1967, selo Odeon, *Catch us if you can* (sugestiva tradução de "Peguem-nos, se puderem"), por ter uma levada pra cima e ser a cara da Samanta. Chamou um amigo, professor particular de inglês, e encomendou a versão.

Rosário insistia para que Samanta voltasse à vida. Não poderia ficar pelos cantos, deprimida, bebendo vodca nacional e reclamando do destino. Afinal, não era ela quem vivia dizendo que o Paulão não valia nada? Que não queria mais nem ouvir falar nele? Então, o cara estava morto. Carbonizado e clandestinamente enterrado no Morro dos Macacos. Tinha que seguir seu caminho. Olha que o Nestor já estava ficando chateado. Para encrencar com o disco era um pulo. Ela que não bobeasse.

Aflita com tal possibilidade, Samanta promete que esse seria o último copo de vodca, a saideira. Ia dar a volta por cima. E já não era sem tempo.

Válter do Trombone, nesse momento de sofrimento dela, se mostrara um competente amigo e cavalheiro. Na verdade, fora ele quem mais consolara Samanta. Viviam se encontrando às escondidas e cada vez mais amiúde. Nessas horas eles pouco falavam e beijavam-se demoradamente. Samanta fugia da realidade nos lábios calejados dele. Como a embocadura do trombonista fosse diferenciada pela própria prática sucessiva do sopro no pesado instrumento, seus beijos ficavam ainda mais inesquecíveis. E ainda havia o staccato...

Maria do Rosário não desconfiava dele, mas um certo sexto sentido fazia com que ela não fosse com a cara daquele instrumentista taciturno e com pinta de sonso. Dona Glenda era outra que não gostava dele. Lembrava-lhe o Pereio, e ela nunca havia gostado do Pereio. Não pagava pensão, maltratava a pobrezinha da Cissa Guimarães, coitada.

Dona Glenda era do tipo que ficava discutindo com os personagens da novela, rogava praga aos vilões, acreditava em propaganda, dava boa-noite aos apresentadores do telejornal e votava sempre em candidato pela boa aparência. Sobre Pereio, vivia repetindo:

— Você sabe o que aquele cafajeste disse outro dia na televisão? Que era o único que já havia sido expulso de uma bacanal por péssimo comportamento. Agora imagina só do que ele não é capaz...

Rosário tentava explicar-lhe que era tudo marketing pessoal, que o Pereio era um sujeito legal, ótimo ator e até honesto. Ela desconfiava era da postura low profile da sua ex, a Cissa Guimarães:

— Com aquele jeitinho de quebrar o coco e não arrebentar a sapucaia, bancando sempre a vítima, sei não... Sou mais o Pereio...

Samanta não se metia na discussão das duas. Para ela, tanto o Pereio como a Cissa deveriam ter razões e diferenças. Sua atenção estava dividida, tentando conciliar as sessões sadomasoquistas do Nestor, a vigilância implacável de Rosário, a nova paixão com o trombone do Válter e, agora, as inesperadas saudades do Paulão.

Sem que ninguém soubesse, Samanta começara a fazer uso de calmantes fortes. Estava precisando de potentes ansiolíticos e soluções urgentes.

XLV

COMO SE TUDO ISSO NÃO BASTASSE, DIA DESSES CHEGA pelo correio outra carta anônima dirigida a Samanta. Mesmo tipo de envelope, o mesmo papel branco com letras recortadas de um jornal. Agora a nova mensagem era: "De que vale a mulher ganhar o mundo se vier a perder a sua alma..."

E agora?

Paulão estava morto e enterrado, não podia ser o autor. A mulher de Nestor, Rovena, era sofisticada e não se encaixava no perfil. Quem seria então o misterioso anônimo? E que conversa era aquela de alma perdida?

Rosário não sabia o que pensar. Pergunta a Samanta se ela não se lembrava de alguma pessoa no passado mais recente, alguma decisão que ficara pendente ou algum fã mais ardoroso insatisfeito, coisas do gênero. Samanta não recorda de nada, mas, no íntimo, sem uma explicação mais lógica, surge em sua mente a lembrança de uma antiga amiga e ex-colega de quarto, Kátia Luna, também cantora ou, tanto quanto ela, aspirante a cigarra de La Fontaine, só que bem-sucedida.

Kátia sempre sonhara em ser famosa e foi quem mais influenciou Samanta na escolha da carreira de singing woman. Tinha uma voz de veludo e uma vocação inequívoca, além de ser uma moça belíssima e com um corpo bem-torneado que chamava atenção. Samanta vivia na sua aba e seguia os passos da colega tão bem dotada de encantos, aparecendo nas canjas da amiga nos bares da noite carioca.

Kátia conhecia algumas pessoas influentes do meio discográfico e também do teatro. Seu irmão mais velho já fizera pequenos papéis em novelas e era um ator razoavelmente conhecido. A convite de Kátia, Samanta fora morar com ela em seu apartamento no Largo do Machado, dividindo o aluguel. Andavam sempre juntas e se adoravam. Samanta nem admitia sentir inveja da dadivosa amiga, séria candidata ao estrelato. Era como se fosse a irmã mais velha. Sentia-se protegida a seu lado e pressentia que, cedo ou tarde, ela iria fazer sucesso e, quem sabe, levá-la consigo a reboque.

Se bem Samanta recordasse, Kátia Luna tinha sido o primeiro atalho consciente de uma futura coleção de outros tantos.

Kátia também tocava violão, arranhava um cavaquinho e compunha algumas canções ingênuas e bobinhas. Mas era antenada e vivia badalando nos embalos mais cult e interessantes da cidade. Era da tribo moderna e festiva. E Samanta, tal qual um Sancho Pança de Cervantes, era uma fiel e prática escudeira pelos moinhos de vento do Largo do Machado e arredores.

OS ATALHOS DE SAMANTA

A ruptura daquela amizade tão promissora fora traumática para ambas e o motivo da briga, como sempre, o mais idiota.

Kátia se inscrevera num festival de música para estudantes e mandara uma fita a uma gravadora, por intermédio de um contato que fizera na noite anterior, regada a muito chope e vãs promessas. Uma semana se passou e telefonaram da gravadora, alegando terem extraviado a fita, mas querendo uma entrevista com ela. Estavam precisando de uma cantora nova para um papel num musical com estréia marcada para breve. Era fazer um teste e assinar o contrato. O problema era que tinha de ser naquele dia, não podiam esperar. A oportunidade aparecera e era pegar ou largar.

Samanta tentou falar com Kátia desesperadamente, mas não conseguiu. A amiga tinha essa mania de sumir e não deixar recado. Talvez, de forma inconsciente, quisesse chamar a atenção com suas ausências.

Imaginando uma solução tão drástica quanto heróica, Samanta resolveu ir ao teste, fazendo-se passar pela amiga. Se passasse e conseguisse o papel, ela o daria de presente para Kátia, como retrato de toda a sua admiração. Pelo menos era essa a intenção inicial. Nunca se soube se esse altruísmo suicida iria se concretizar, pois a infeliz Samanta acabou reprovada no teste, como era de se prever.

Não teve coragem de contar à amiga o que tinha acontecido. Ficou com medo que ela, com raiva justificável, não a perdoasse.

A tal peça foi um sucesso estrondoso e permaneceu em cartaz durante um tempo enorme e Kátia acabou sabendo da falcatrua por outras fontes. Indignada e irredutível, cortou relações com Samanta.

Desde então nunca mais se falaram. Samanta teve a impressão de tê-la visto na platéia de seu showcase em Santa Teresa, mas, como estava pirada, não poderia afirmar se fora ou não mais uma alucinação.

Aquela opção de substituir a amiga no teste era motivo de um de seus maiores arrependimentos na vida. A escolha daquele atalho custou-lhe uma amizade valiosa. Tanto que Samanta sonhava em reencontrá-la um dia. Planejava fazer sucesso e convidar a amiga para participar com ela do destino de ser uma superstar. Tinha certeza de que voltariam a ser amigas e o disco era a maneira pela qual as duas poderiam se reaproximar.

Samanta não sabia explicar, mas tinha quase certeza de que as mensagens anônimas eram obra de Kátia Luna. Os atalhos, como de hábito, clamavam por juros e pesadas compensações.

XLVI

Uma coisa era certa: a autoria daquelas cartas anônimas não poderia ser atribuída à esposa de Nestor. A sra. Rovena de Sá Nogueira era uma mulher sofisticada e de requinte.

Para se ter uma idéia melhor da atuação e do comportamento peculiar, basta lembrar de seu hobby mais conhecido: criar minhocas.

Rovena não se cansava de repetir que as minhocas, mesmo com o parentesco próximo das primas lombrigas, faziam parte do menu de muita gente boa. Os chineses, por exemplo, consideravam-nas um prato refinado. Esse lado exótico não invalidava o elevadíssimo teor nutritivo. A farinha de minhoca, que Rovena fabricava em casa, chegava a atingir quase setenta por cento de proteína. Ela assegurava que a carne de minhoca tinha sabor de carne doce, forte, que lembrava ligeiramente chocolate.

Quanto ao aspecto repulsivo, na opinião singela de Rovena,

alguns seres humanos seriam muito mais repugnantes que as pobres minhocas.

Rovena já fora convidada inúmeras vezes a dar palestras e sempre surpreendia pelo nível de detalhamento e segurança das suas informações. A respeitada minhocóloga explicava que registros históricos haviam revelado que na Babilônia, no reinado de Xerxes, as minhocas eram receitadas para tratamento de dores na coluna. A própria medicina tradicional chinesa também as usava como poderoso remédio. Culminava sua dissertação exaltando Charles Darwin, pai da teoria da evolução, que dedicara mais de quarenta anos ao estudo desses seres subterrâneos, sendo, portanto, o autor do primeiro tratado científico acerca da vida das minhocas.

Levava exemplares para a platéia e distribuía aos presentes para manuseio, explanando que a minhoca possuía um sistema circulatório complexo, com até cinco pares de corações. Garantia que ela não tinha pulmões e que a respiração era cutânea. Ameaçava dissecar um espécime ali mesmo, na frente dos presentes, tentando comprovar a capacidade de auto-regeneração das minhocas, decepando cabeça ou rabo — ninguém saberia mesmo dizer onde começavam ou terminavam aquelas criaturas.

Um dos pontos altos das palestras era quando Rovena mostrava uma espécie de três metros, fotografada na Amazônia, e que seus detratores insistiam em afirmar ser uma grotesca falsificação. Suspeitavam tratar-se de uma sucuri pintada de vermelho-escuro.

Mas o clímax das apresentações acontecia quando Rovena discorria sobre as atividades sexuais desses inacreditáveis e hermafroditas seres subterrâneos que possuíam ambos os órgãos genitais. E o público ia ao delírio com uma exibição de sexo individual explícito de um exemplar especialmente treinado pela especialista. Um sucesso.

Rovena conseguia até algum dinheiro com as atividades de palestrante e produtora doméstica de farinha de minhoca. Tinha em casa um minhocário de respeito e cuidava para que suas amigas minhocas tivessem tratamento de filhas.

Uma pessoa que assumia, em público e dessa forma desassombrada, sua paixão por minhocas não ia perder tempo com cartas anônimas.

Além disso, Rovena, desde o início, tinha conhecimento do caso do marido com Samanta e nada fizera. Para ela, a sua união com Nestor funcionava muito bem, e isso era o que importava. Se ele quisesse acobertar presentes ou futuras relações extraconjugais que pagasse por elas. Em sua casa não poderia faltar nada e o mais era irrelevante, incluindo, nesse caso, alguma atividade sexual com o marido sem graça. Sem dúvida se preocupava bem mais com as suas minhocas.

Nestor, apesar de morrer de vergonha da inusitada mania de colecionar minhocas de sua esposa, dava-se bem com ela. Também era um partidário da linha evolutiva do matrimônio moderno: para as partes envolvidas o essencial era o funcionamento, e não a paixão. Assim, os dois combinavam e se locupletavam, além de se merecerem totalmente.

Ela que vivesse lá com suas minhocas, que a ele já bastavam os intermináveis problemas na gravadora, que, aliás, eclodiam e pipocavam por todos os lados.

Para compensar as agruras, um momento de surpreendente reconhecimento e glória: Nestor Maurício fora promovido. Saíra do departamento de marketing e virara diretor e vice-presidente artístico da empresa. Obedecendo à nova tendência do mercado discográfico, era agora um executivo-produtor.

No discurso de improviso, em meio a homenagens, saudações e tapinhas nas costas, o novo vice-presidente artístico preconizava:

— Não vamos ficar correndo atrás de modismos, e sim de carreiras. O segredo é formar o nosso catálogo, esse sim o maior acervo: Legião Urbana, Caetano Veloso, Paralamas, Gil, Chico, sempre vendem (*palmas...*). Crise da economia, alta do dólar, pirataria, para mim, não são mais nenhuma novidade, e nada me fará recuar (*palmas...*). A indústria fonográfica é sempre pintada como vilã da história. É fato que as gravadoras foram imediatistas, apostando demais nas ondas de axé, pagode e sertanejo, mas comigo vai ser diferente. A cultura e o bom gosto estarão sempre em primeiro lugar (*palmas entusiásticas...*).

E assim ia seguindo o discurso politicamente correto e tão diverso de suas tomadas de posição na prática. No que estava dando certo não se mexia, e não seria ele a fugir do modelo venal e vitorioso em contabilidades e números. Que o fomento à cultura nacional viesse de quem de direito e obrigação. Ele era um profissional do mercado e visava ao lucro imediato e ao sucesso estatístico. Por isso, chegara ao topo. Queixas, ao bispo. Nestor Maurício era um vencedor.

XLVII

Atalho. *[n. m] chemin de traverse; sentier qui raccourcit le chemin qu'on a à faire; raccourci; un moyen d'abréger un affaire.* (Dicionário português-francês Bertrand)

EM COMEMORAÇÃO AO NOVO CARGO, NESTOR CONVIDA Samanta para um jantar particular e especial. Comeriam um carrê de cordeiro com alecrim num restaurante no Alto da Boa Vista, depois dariam uma esticada num motel. Tinha novas surpresas para ela.

Samanta chegou a tremer com aquela referência a "novas surpresas". O que ele inventaria agora?

Detestava essa ansiedade pré-foda, cada pagamento de sua dívida com ele, através do sexo não-tradicional. Quando aquele tormento teria fim?

Mas Samanta não podia esquecer de que o disco estava

andando direitinho e Nestor, seu homem provedor, cumpria a parte que lhe cabia, detalhe por detalhe. Aquelas noitadas de sexo com ele tomavam a forma de notas promissórias a serem quitadas de tempos em tempos. Era o preço dos atalhos, a cobrança mefistotélica de um sonho adquirido. Ela que não reclamasse.

Já Maria do Rosário não gostava nada da idéia. Mesmo sendo evidente que Samanta cedia a alguns obséquios sexuais com Nestor, ela não conseguia disfarçar o incômodo e a sensação de asco que sentia com aquela situação. Era melhor nunca se encontrar com Nestor, senão não responderia por seus atos. Aquele velho devasso e sátiro que não se enxergava. E olha que Rosário não sabia dez por cento do que acontecia naqueles encontros sexuais da cantora com o mecenas. O couro comia.

Contaminada pelo ciúme, Rosário levanta a hipótese de Samanta até gostar daquela sem-vergonhice. Toda mulher tinha o seu lado belle de jour. Samanta ouve tudo e só se dá ao trabalho de sorrir. Como numa ladainha, garante que é só até o disco ficar pronto.

O carrê de cordeiro com alecrim estava uma delícia. O vinho, um português Porca de Murça, safra elogiada, descia como um elixir. Por todo o espaço, mini-estatuetas do artista plástico Zé Andrade davam o tom de contracultura e bom gosto. O restaurante, ambiente acolhedor e despojado, inspirava os amantes.

Nestor afirma sentir-se realizado e orgulhoso de ser o novo vice-presidente artístico e comunica a Samanta que, a partir de agora, o disco tomaria um impulso enorme. O lançamento seria de primeiro nível e a divulgação, à altura. Se preciso fosse, o jabá correria solto, que ele não estava ali para misérias e comedimentos.

Samanta exulta com as boas-novas e sente uma excitação inexplicável e crescente. Pinga estrogênio por entre as pernas. E, para surpresa de Nestor, é ela quem pede para encerrar a conta. Quer ir logo para o motel. Que novas esquisitices sexuais ele tem para ela?

Dona Glenda acorda Samanta bem cedo. Ela precisa se aprontar porque tem gravação naquela manhã. Chegara de madrugada da noitada com Nestor e se recusava a sair da cama. A mãe, para animá-la, diz que há novidade pelo correio e que dessa vez não era correspondência anônima. Era carta de Kiko Martini, com selo da Bahia.

Só assim para Samanta se levantar. Dá um pulo, vai ao banheiro passar uma água no rosto e, enquanto toma seu café com leite e torradas na manteiga, lê as novidades de Porto Seguro.

Na carta, Kiko falava de sua situação profissional e amorosa como gerente administrativo em exercício na pousada do namorado Fernandão. A relação entre eles passara por algumas adaptações. No começo, dormiam na mesma cama e com um único lençol. Depois de uma semana, passaram para camas separadas, com a justificativa de que ele se mexia muito na cama e Fernandão ficava sempre descoberto. A seguir, passaram a dormir em quartos separados. Kiko garantia que não roncava, mas Fernandão, determinado e escorpiano, gravara uma fita, na qual provava que eram dele os roncos. Ainda hoje Kiko duvida e atribui à fraude os sons originais da fita. Era capaz de jurar que aquele ronco gravado era de uma porca que vivia ali por perto. Agora dormiam em alojamentos em andares diferentes. Kiko confessava que chegara a pensar no pior e que, no próximo afastamento, talvez acabasse voltando ao Rio de Janeiro. E tudo por causa daquela maldita porca roncadeira. Mas, por enquanto, estava tudo ainda sob controle aparente. Adorava a sua nova função de hostess da pousada e fazia sempre muitos e novos amigos. O clima era de altíssimo astral e a vida transcorria sem sobressaltos e maiores preocupações.

. E ela, como ia passando? E o disco, já estava pronto? Fernandão era fanático pelo ABBA, um quarteto assexuado sueco que fizera estrondoso sucesso na década de 1980, e conhecia de cor todas as músicas do grupo. Fernandão era apaixonado pela loura do grupo, uma tal de Agnetha. Quando vi a moça na capa do disco, disse a ele que você era a cara dela. Mais bonita e latina, é claro. Ele ficou todo animado e me pediu para lhe perguntar se você tinha interesse em ouvir uma versão que ele fez de *The winner takes it all* (o vencedor fica com tudo). Na versão de Fernandão, "Ao vencedor, as batatas", em homenagem a outra fixação dele, a literatura de Machado de Assis. Fernandão lia e relia Machado sem parar. A frase "ao vencedor, as batatas" era do personagem Rubião, no livro *Quincas Borba*. A música, de fato, fazia o maior sucesso em Porto Seguro e todo mundo se mostrava surpreso de ninguém haver ainda gravado. Por que, então, não ela? Se quisesse, lhe mandaria o CD com a música pelo correio. Que ela escrevesse logo, pois ele morria de saudades.

Samanta adorou receber notícias do amigo. Também lhe sentia a falta. No mesmo instante, pegou papel e escreveu de volta. Se deixasse passar, não escreveria nunca mais. Era seu jeito.

OS ATALHOS DE SAMANTA

Respondeu que queria receber a fita com a versão machadiana do ABBA e, quem sabe, gravar no seu disco. Aproveitou para contar as novidades: a mãe estava namorando um certo professor de tango, niteroiense, mulato e milongueiro; Nestor havia sido promovido a vice-presidente artístico e sua mulher, Rovena, tinha aparecido no *Jô*, falando sobre minhocas; Paulão morrera, possivelmente assassinado por traficantes e enterrado num cemitério clandestino em Vila Isabel; seu disco tinha quatro músicas praticamente prontas, e Ziza Mezzano continuava a mesma, uma produtora eficiente e misteriosamente lésbica. Quanto ao seu caso secreto, Nestor estava cada vez pior. Não tinha mais jeito. Imagine só que, ontem à noite, depois de um jantar irretocável, com cordeiro no alecrim e vinho português, fomos a um motel. Lá ele me mostrou um cinturão com um pênis de borracha atrelado e me pediu para possuí-lo, chamando-o de veado escroto, bicha enrustida e outros impropérios de igual quilate. Ela começava a achar que o Nestor estivesse ficando demente. Finalizava a carta, mandando beijos para ele e para o Fernandão, e que não demorasse a enviar a música do ABBA, uma vez que o repertório do disco estava sendo ultimado a galope.

XLVIII

O GRANDE SONHO DE ALARCOM FERREIRA ERA CRIAR uma base para os arranjos sem a utilização dos teclados. Mas tinha ficado claro que o piano estava fazendo falta. Até Nestor implicara e perguntara pela tecladista, amiga de Ziza.

Pressionado, Alarcom aceita a idéia de incluir a pianista Cristiana Ortega em algumas músicas, principalmente na nova versão do *New kind of love*, do The Dave Clark Five, que o professor de inglês traduzira para *Uma nova maneira de amar*. Ziza registrara a música em seu nome, tendo como parceiros os compositores originais, Clark e Smith.

Samanta adorava a parte da letra que indicava, nas entrelinhas, um novo tipo de amor, flertando com o jeito lésbico-chique que ela tanto prezava. A música faria parte do disco. Estava decidido.

A gaúcha Cristiana Ortega tinha uma história de começo de carreira bem interessante. Era uma pianista de futuro, com rígida formação clássica, que dava concertos no exterior com certa assiduidade e tendia a se firmar pelos circuitos musicais. Mas quis o destino que um atalho atravessasse seu caminho.

Sem maiores explicações ela interrompera as apresentações. Os boatos correram: dificuldades emocionais, amor não-correspondido, repentina crise existencial, ataque de síndrome de pânico, perda dos movimentos da mão direita — motivos não faltaram para tentar justificar sua aparente desilusão com a música.

Mas a realidade era que ela havia se apaixonado por um cantor de uma dupla bastante conhecida no sul. Um rapaz de modos grosseiros e com uma visão bem arcaica a respeito da igualdade entre os sexos. Engravidara dele e fizera aborto, quase à força e ameaçada de morte por ele. Tal fato, como era de se esperar, marcaria sua vida e deixaria cicatrizes profundas. Cristiana era uma pessoa delicada e extremamente sensível. Acostumada a proteções excessivas e elogios freqüentes, faltavam-lhe a fibra e a experiência necessárias para lidar com esse tipo de gente e situação.

O nível de educação e entendimento do seu eleito não era dos mais elevados. Havia suspeitas de ele a ter espancado inúmeras vezes. Para ele, mulher era tal qual um pernilongo zumbidor, só sossegava com uns tapas. Uma figura estereotipada e machista, digna de um personagem dos livros de Luís Fernando Veríssimo.

Desiludida, surrada e abandonada, Cristiana quis dar cabo da vida algumas vezes. Mas, como lhe faltassem talento e coragem para o suicídio, voltara-se para a música popular.

O cantor gaúcho e machista perdia uma paixão e a MPB ganhava uma colaboradora.

Decorridos mais ou menos uns três meses após o aborto, e separada de seu carrasco emocional, Cristiana Ortega mudou-se para o Rio de Janeiro, onde viria a conhecer Ziza Mezzano.

Ziza ficou impressionada com o talento e a versatilidade da jovem pianista, que trafegava com desenvoltura pelo jazz e pelo regional. Seu piano popular parecia uma gaita de ponto. Renato Borghetti já a havia visto num sarau e era só elogios. De fato, Cristiana possuía dotes musicais e ouvido esplêndidos.

Esse era o problema: com os dotes e o ouvido afinado, uma cabeça de penico.

Não podia ser contestada. Qualquer crítica soava a desaforos dirigidos. Mimada e paparicada desde a tenra infância e conseqüente precocidade musical, a moça era de uma chatice ímpar.

Disposta a crescer profissionalmente e a amadurecer como gente, deixara no sul os amigos, a família e viera — de malas, bagagens e mais nada nem ninguém — para a cidade maravilhosa. Haveria de triunfar sozinha e por sua obstinação.

O preço de tão corajosa decisão seria imenso. Cristiana entregou-se à bebida. Para suportar a solidão e o estresse da transformação radical em seu modus vivendi, procurou abrigo e lenitivo no álcool. Como tantos outros idiotas inocentes.

E nesse estado de coisas e acontecimentos, a ex-pianista erudita e agora tecladista-pop Cristiana Ortega foi apresentada a Nestor e Alarcom, para fazer parte do time de músicos na gravação do disco de Samanta ou, melhor, Sam Gregório.

Ziza era quem mais insistia com Nestor sobre o nome artístico de Samanta, que considerava um atentado ao bom gosto. Onde já se viu alguém fazer sucesso com esse nome, Sam Gregório?

A própria Samanta nunca demonstrava muita firmeza na escolha. Odiava seu nome de pia, Samanta Maria Gregório da Silva. Tinha sido Nestor quem inventara esse Sam Gregório, justificando que Samanta era nome de puta. E isso ela não havia esquecido e nem pensava em perdoar.

XLIX

No INTERVALO DOS ENSAIOS, COM TODOS OS MÚSICOS no estúdio, incluindo a estreante Cristiana Ortega nos teclados, o assunto do nome artístico de Samanta voltou à baila.

Todos eram unânimes em achar que, para usar esse nome esquisito de Sam Gregório, seria melhor deixar só Samanta. E por que não?

Samanta, já deixando transparecer aborrecimento com tudo aquilo, recorda que era assim chamada no começo da carreira, quando cantava nos bares de Santa Teresa.

Todos estavam quase chegando a um consenso de que o nome artístico simplesmente Samanta era melhor, quando Alarcom adverte que a escolha tinha vindo de cima: fora Nestor quem determinara a adoção do nome Sam Gregório. Se era para mudar, que falassem com ele primeiro.

Nesse instante, Samanta, talvez por lembrar que Nestor dissera que Samanta era nome de puta, começa a chorar.

De início um choro baixinho, depois abafado e acompanhado de soluços, para culminar num pranto convulsivo e quase histérico.

Consternados, e sem saber direito o que fazer, os músicos se aproximam e procuram confortá-la.

— Que é isso, Samanta? O nome pouco importa. O que vale é a alma e a voz da cantora.

Samanta vai aos poucos se controlando...

Luís Marcello toma a palavra e argumenta que vários artistas tinham trocado de nome. Elton John, por exemplo, havia nascido Reginald Dwigth. Antes da fama, Dick Farney era Farnésio Dutra e Silva.

Brígida aproveita e acrescenta que a amiga Baby Consuelo, agora Baby do Brasil, já tinha sido Bernadete Dinorah de Carvalho.

Samanta ensaia um sorriso...

Cristiana Ortega, querendo aparecer, comenta, com todo o seu carregado sotaque sulino, que a grande dama do teatro nacional nascera Arlette Pinheiro Esteves da Silva antes de ser a poderosa Fernanda Montenegro.

Válter do Trombone, do alto de sua embocadura privilegiada, propõe, animado:

— É isso! Encontrei o nome ideal: Samanta Montenegro. É a cara dela e, além disso, poderia ser entendido como uma homenagem à grande atriz.

Depois de alguns hesitantes segundos, todos no estúdio se agitam e concordam com a sugestão do trombonista.

— Samanta Montenegro é bem legal!

— Impõe respeito.

— E tem classe...

OS ATALHOS DE SAMANTA

E se tinha dado certo com a Arlette, por que não com a Samanta?

— O que você acha, Samanta?

Já sem saber mais o que dizer, Samanta aceita o novo nome artístico. Poderia ser chamada de qualquer coisa. Montenegro, Bernadete Dinorah do Brasil, Maria Callas, Vanderléa, pouco importava. Queria terminar o disco, entrar numa trilha de novela, fazer sucesso e poder reencontrar a amiga Kátia Luna, gravar uma música inédita do Edu Lobo, freqüentar as paradas, receber disco de ouro, cantar na *Xuxa*, ver sua vida passada no *Faustão* e viver só de música.

Todos haviam entendido que, no silêncio e no sorriso constrangido, ela havia concordado. Alarcom ficara encarregado de falar com Nestor a respeito. E o dr. Nestor Maurício, para surpresa de Alarcom, aceitou na hora, desde que não inventassem mais nenhum outro nome:

— Samanta Gregory, Sam Gregório, Samanta Montenegro, tanto faz. Para mim é tudo nome de guerra de profissional do sexo.

Bem, preconceito à parte, tanto contra cantoras como contra profissionais do sexo, Samanta Montenegro era mesmo um belo nome. E, agora, definitivo.

L

COM A ENTRADA DOS TECLADOS NAS NOVAS GRAVAÇÕES começaram os problemas para Alarcom Ferreira. Cristiana Ortega dava palpites e se metia em todas as partes dos arranjos. À primeira vista, tinha-se a impressão de que ela sentia algum prazer em discordar do pobre, que, a essa altura, já demonstrava total impaciência e contrariedade:

— O que foi dessa vez, Cristiana?

— O que você me diz, Alarcom? Eu penso que podemos criar aqui umas releituras instrumentais para realçar as qualidades da canção, que nem sempre são percebidas por ouvidos comuns. Na minha experiência com música erudita...

— Esse é o ponto, menina: a música popular não tem nada a ver com a erudita.

— Eu só achava que algumas sugestões harmônicas cairiam bem na *Capitu*, do Luiz Tatit.

— Você não pode ir mexendo assim na obra alheia, não é assim que se faz.

— Sempre tive essa posição voltada para a pesquisa de sonoridades, Alarcom. Por que não acrescentar alguma invenção melódica em *Tardes,* da Patrícia Mello? *Românticos,* do Vander Lee, por exemplo, tem muita harmonia embutida por trás desse dois, cinco, um.

— Isso tudo é prosódia, minha filha. Eu faço arranjos há mais de vinte anos e estou cansado desse blablablá. Aqui quem manda sou eu, e comigo é Pixinguinha, e não Berlioz, se é que você está me entendendo...

Cristiana tinha entendido. Ou, melhor, acabou sendo forçada a entender. Alarcom ameaçara abandonar o trabalho se aquela gauchinha metida não parasse de azucriná-lo.

Ziza Mezzano termina convencendo a moça a ficar no feijão-com-arroz e não discutir com ele. Era pegar ou largar. Ou, dito de outro modo, ficar quietinha ou largar. Cristiana precisava do emprego e pretendia se enturmar com o pop. Preferia tocar calada, esquecendo momentaneamente as sugestões harmônicas e a pesquisa de sonoridades, e continuar. Menos mal. Apesar de deslumbrada, era excelente tecladista.

Quando tudo parecia mais calmo e sob controle, uma briga inesperada voltou a interromper a paz reinante e os trabalhos naquele estúdio analógico. Brígida e Lalá Martelo, após uma discussão tola sobre marcações e levadas do pandeiro, começaram a se xingar e a trocar empurrões. Os músicos pararam e ficaram sem ação, sem compreender nada. As duas, num crescente desequilíbrio de compostura e recato, caminhavam céleres para um desfecho físico se ninguém interviesse logo. Alarcom tentou interpor-se entre as brigonas e acabou levando a rebarba. Tomadas de fúria insana, as meninas iniciaram, com o arranjador no meio, uma troca de sopapos e acabaram os três rolando por cima dos instrumentos, numa cena quase inimaginável entre músicos de elite. Em outras palavras, a porrada comeu solta e foi extremamente penoso para Válter e Luís Marcello, tipos nada musculosos, tentar separar as garotas e tirar o pobre Alarcom do meio da briga. O velho arranjador, enfim desatrelado da sanha beligerante daquelas endiabradas, começou a passar mal, com a pressão alta. Durante a briga, Cristiana Ortega, seguindo ordens superiores, permaneceu no seu canto, calada e impávida diante dos teclados, a tudo assistindo, como num camarote. Ziza Mezzano saíra dez minutos antes do entrevero. Quem conseguiu, finalmente, separar as iradas percussionistas foi mesmo Samanta, agora Montenegro. Aparentemente por causa do respeito e admiração que ambas tinham por ela, quem sabe pela ameaça de infarto do Alarcom, ou até mesmo por cansaço. As duas estavam bem machucadas e extenuadas. Brígida, de compleição física avantajada, encontrara surpreendente resistência na ginga e obstinação da baiana Lalá, cujo sobrenome Martelo não deveria ser à toa.

Os ensaios foram interrompidos e adiados sine die. O ambiente tornara-se tenso e pesado. Nestor teria de ser comunicado do fato e deveria decidir o que fazer.

Em Santa Teresa, Samanta comenta a briga com Rosário. Ainda não havia entendido a razão de toda aquela baixaria. Para chegarem a tanto, alguma coisa de muito grave teria acontecido. Brígida era de uma delicadeza contrastante com sua força física. Uma lady rubicunda. Lalá Martelo era franzina, na dela, mas também só gentilezas e seriedade profissional. Como teriam chegado àquele ponto? Rosário, que já ouvira falar das duas, também custou a crer. O tal perfil lesbian-chic, que tanto seduzia Samanta, perdera um pouco do seu lado sedutor-com-charme. Não havia nada menos chique que sair no braço. Mas tanto os hetero como os homossexuais, quando perdiam a classe e a cabeça, costumavam reagir igualmente. Aquele dito popular que assinalava que a natureza tinha dado cérebro e pênis ao homem, mas sangue insuficiente para que os dois funcionassem ao mesmo tempo valia também para os cérebros femininos e clitóris correspondentes, mesmo se levando em conta menor quantidade de irrigação sangüínea. Ao clitóris, e não ao cérebro, que fique bem claro.

Como quem não procura se ocupar acaba preocupado, Samanta e Rosário resolveram mudar de assunto, pegar um filme de vídeo na locadora e depois ir a um restaurante baratinho. Rosário queria ir ao restaurante Aurora, comer pescadinha com arroz e brócolis. Para Samanta tanto fazia, queria ver um bom filme para se esquecer da vida e depois tomar chope. Muito chope.

LI

O FILME ALUGADO, NACIONAL E DURO DE ENGOLIR, SUS-citara discussões sobre drogas e usuários e seria o tema principal a ser discutido na mesa do Aurora. *Bicho de sete cabeças*, da diretora paulistana, estreante em longa, Laís Bodanzky, mostrava a face perversa da relação equivocada pais-e-filhos, o mundinho das drogas e uma viagem ao inferno manicomial. A verdade é que as duas tinham escolhido o filme também para ver o Rodrigo Santoro, mas não iriam nunca admitir.

— Samanta, quando você fuma unzinho, não se sente culpada de estar alimentando a indústria da violência?

— Não funde a minha cabeça, Rosário. Come sua pescadinha aí, quietinha.

— Quanta gente pode estar morrendo agora, neste exato instante, com uma arma comprada com a grana dos baseados.

— Tá querendo me botar culpa para eu parar de fumar maconha? Tinham mais é que liberar geral. Maconha no supermercado, no drive-tru, self-service 24 horas, bagulho pra viagem, no serviço de entrega por motoboy e outras modalidades. Ia acabar com tudo quanto é boca-de-fumo. A falência total dos traficantes e nossa comodidade e segurança de volta.

— O uso da maconha já foi privatizado pela classe média alta. Filho de pobre apanha quando é pego com um baseado, o filho de rico telefona para casa, o pai vai lá, dá uma grana e o filho volta para casa. Ninguém manda filho para manicômio nenhum, como no filme.

— Sacanagem fazer isso. Ainda mais com um cara como o Rodrigo Santoro...

— Usuário de droga é uma questão de saúde, não de polícia ou manicômio.

— Caso de polícia é mandarem o Rodrigo Santoro para um manicômio só por causa de um baseado achado no bolso de um casaco. Quem devia ser internado era o Othon Bastos, o pai dele.

— Samanta, quantos chopes você já tomou?

Pouco depois de elas terem saído para o restaurante, o carteiro chegara em Santa Teresa e subira para entregar uma correspondência urgente. Era um Sedex com recibo de entrega, vindo de Porto Seguro, contendo a versão da música do ABBA mandada por Kiko Martini. Dona Glenda recebera e, não conseguindo conter a curiosidade, abrira a caixa. Era uma das suas manias mais terríveis. Não resistia a um envelope fechado, especialmente quando não era endereçado a ela.

Nestor bem que tentara, mas o clima entre Brígida e Lalá Martelo estava insuportável. Não havia condições salutares para elas continuarem trabalhando juntas. A solução encontrada foi Ziza Mezzano contatar algum baterista. Era óbvio que o vice-presidente artístico Nestor pretendia acabar logo com a gravação daquele disco problemático. Seria para ficar livre de Samanta ou para se ver como compositor num compact disc? Uma coisa ou outra, talvez as duas, ou ainda por pura ansiedade de começar um trabalho e chegar ao fim. O profissional exigente Nestor Maurício era assim: não gostava de deixar trabalhos pela metade.

Samanta ficara entusiasmada com a versão do namorado de Kiko, Fernandão, para o megassucesso do ABBA, *The winner takes it all*. As alusões a Machado de Assis em *Ao vencedor, as batatas* estavam perfeitas e no timing correto, sem exageros intelectualóides ou concessões mercadológicas baratas.

Rosário, a mais surpresa com o acerto da versão, não cansava de repetir: "Ótima!" E Maria do Rosário não era de elogios fáceis. Pelo contrário, era uma crítica mordaz e ferina não só dos outros, mas também de si mesma, como uma penitente que não se perdoasse em viscerais autocríticas. Mas a versão de Fernandão agradara e tinha verve, sem dúvida. E Rosário sabia disso.

O baterista convidado era um experiente jazzista e veterano de estúdio, Élcio Rossini. Na intimidade, Rossininho.

Alarcom já o conhecia e ficou satisfeito com a escolha. O velho Rossininho só tinha um problema. Nem tanto um problema, mas um sério inconveniente: padecia de lubricidade senil. Era um irreparável profissional, instrumentista preocupado e atento, mas não podia ver um rabo-de-saia. Menos saia, e muito mais rabo. Era um cão que ladrava muito e mordia pouco ou, melhor, quase não mordia. Um cachorro banguela. Daí a necessidade contumaz de se expressar com volúpia fantasiosa e falar de suas glórias sexuais. Costumava contar mais proezas do que propriamente executá-las, o nosso velho e lúbrico Élcio Rossini, espalhando ao vento que comia todo mundo. Mas para quem o conhecia bem, um inofensivo e quase indolor tarado e, acima de tudo, exímio baterista. E Alarcom sabia avaliar prós e contras. Sua categoria e batida inconfundível compensariam os possíveis riscos. Rossininho e sua senilidade lúbrica eram os novos componentes da banda e do incrível exército brancaleone-musical de Samanta Montenegro.

O motivo real da briga entre Lalá e Brígida acaba vindo à tona — e não poderia ter sido mais ridículo. Na verdade, a omissão de Cristiana Ortega durante o sururu não fora mais do que tática obrigatória. Afinal, ela sabia que era o verdadeiro pivô de toda a confusão.

Brígida, além de rubicunda e ruiva, era ciumenta demais. Lalá sabia e procurava não lhe dar motivos. Mas nunca poderia imaginar que ela fosse dar tanto valor a uma atitude sua de atenção e cuidado para com a jovem e desprotegida pianista gaúcha. Lalá só oferecera apoio a Cristiana por esta ter sido quase unanimemente execrada. Lalá Martelo tinha esse jeito especial de lidar com cachorro morto. Se alguém estivesse sofrendo, em minoria absoluta ou sendo atacado por todos os lados, surgia Lalá, a defensora dos oprimidos.

E assim sucedera com a pianista vinda do sul. Como se mostrasse acuada e assustada, Lalá resolvera dar-lhe guarida. Mas Brígida não entendeu assim e se sentiu confrontada pela companheira.

A desavença inicial teve origem numa conversa fiada durante o intervalo das gravações, hora do lanche, em que Brígida explicava sua opção vegetariana e ecológica, ao trazer de casa um sanduíche de rúcula, alface e patê de soja. Cristiana Ortega, gaúcha de tradição, chimarrão e bombachas, não se conteve, fez troça e aproveitou para enaltecer as proteínas da carne vermelha. Uma apologia ao churrasco rio-grandense. Brígida interpretou como provocação e perguntou se ela não se sentia mal sabendo que, para a consecução do churrasco, estaria implícito o sacrifício do animal. E Cristiana, debochada e cínica, respondera que seu animal preferido era o bife. Nossa lady rubicunda e de pavio curtíssimo decidiu dar uns merecidos tabefes naquela abusadinha dos pampas, mas fora contida por Lalá, que ainda chamou Brígida de radical, garantindo que também ela, Lalá, gostava de carne vermelha, rosbife, almôndegas suculentas, pastel de carne moída, carpaccio e não suportava mais o maldito cheiro da soja e seus derivados.

Foi a gota d'água. Dali para a frente não haveria mais acordo entre as duas e a discussão culminaria na pancadaria do estúdio e conseqüente e aparentemente definitiva separação das percussionistas.

A semente geradora da discórdia, a pianista tímida e desamparada, a defensora dos churrascos e da matança generalizada das vacas, a inimiga pública número um da soja, a carnívora Cristiana Ortega fora o estopim da separação de um casal homossexual que sonhava com bodas e uma velhice compartilhada. Alarcom percebera tudo e, se já não ia com a cara da pianista, agora então...

LII

Atalho. *[der. por metáfora]: maneira de se conseguir alguma coisa em menos tempo ou com menos esforço do que por meios normais.* (Dicionário eletrônico Houaiss)

ALARCOM, QUE POR IRONIA DO DESTINO TAMBÉM ADOrava churrascos e carne sangrando, fora acometido por um pico de pressão e agora era mais um grave hipertenso na cidade.

Maleato de enalapril a 20mg, comprimido de diazepam antes de dormir e regime absoluto. Teria de evitar aborrecimentos, andar pelo calçadão, fazer ecocardiogramas e exames periódicos, caso ainda almejasse uma sobrevida confortável e uma velhice com um mínimo de decência e liberdade de movimentos.

Afora o risco da explosão das coronárias, das anginas,

tromboses e isquemias, sofria ainda a ameaça da pior das mazelas: a depressão.

Pensara seriamente em desistir de tudo e aguardar pacientemente pela inevitável morte e o posterior ocaso e esquecimento a que estava condenada a maioria dos músicos brasileiros que se prezavam. O que ele não poderia esperar era a virada de mesa com a visita-surpresa de Samanta Montenegro.

A cantora aparecera em sua casa, querendo saber de sua saúde e, ao ser informada das intenções dele de abandonar o barco, foi acometida de choro sincero e emocionante. Tentou passar-lhe a importância daquele disco em sua vida. Todos os sacrifícios que fizera e ainda estava fazendo, as loucuras sexuais do Nestor, a morte do Paulão, a situação de sua mãe, cada vez mais demente e dependente, enfim, um desabafo honesto, com a catarse dos desesperados: *They shoot horses, don't they?* Ele não poderia parar de dançar logo agora. A epopéia estava chegando ao fim e ele haveria de resistir. Não poderia fazer isso com ela...

Nada, no entanto, ocasionaria tanto alvoroço em sua alma quanto a hora em que Samanta mencionara o samba em homenagem a Elizeth Cardoso. Deixaria de gravar o derradeiro legado de sua carreira, sua obra-prima? Um músico como ele, sem ser lembrado, no ostracismo, ao lado de tantos outros medíocres? E os jovens, permaneceriam sem saber quem fora a Divina?

Nem mesmo Samanta tinha consciência do seu poder de persuasão e do seu lado calhorda quando este se fizesse necessário.

OS ATALHOS DE SAMANTA

Essas palavras transformaram-se em poderoso bálsamo para o adoentado Alarcom. Dali a dois dias ele comunicaria a Nestor que poderiam marcar novos ensaios. Iria terminar os arranjos daquele disco, nem que fosse a última coisa a fazer na vida.

A notícia da volta de Alarcom e o recomeço das gravações fizeram com que Samanta, agnóstica convicta, voltasse a acreditar em alguma coisa parecida com Deus. Como sempre costumava dizer, ela até podia ser atéia, mas sempre se comportava como se Deus realmente existisse.

Quem sabe alguém lá em cima não estivesse dando uma mãozinha?

A força divina se manifestaria logo a seguir. Ziza Mezzano conseguira a proeza de colocar Samanta Montenegro no cast do evento beneficente a ser realizado no Canecão, onde várias cantoras prestariam uma homenagem a uma veterana e esquecida violonista e compositora. Não tinha cachê e o dinheiro da bilheteria seria destinado à família da homenageada. A artista, afastada havia tempos da mídia, sofrera um derrame e estava internada, precisando de cuidados médicos especiais. Seus familiares necessitavam urgentemente de ajuda financeira. O show contaria com a participação da nata da MPB e para Samanta serviria como ótimo material de divulgação, antes do lançamento do seu disco. Ziza marcara um gol de placa. O nome de Samanta Montenegro apareceria ao lado de estrelas como Zélia Duncan, Ana Carolina, Simone Guimarães, Monica Salmaso, Fafá, Elza Soares, Leila Pinheiro, entre outras.

Samanta cantaria só duas músicas, mas seria uma oportunidade perfeita de poder mostrar-se para um público mais exigente, numa casa de espetáculos tradicional. Aproveitaria para testar a popularidade da versão cult de Fernandão para a música do ABBA, *Ao vencedor, as batatas*, e a balada pop-melosa *Eternamente jovem*, que Maria do Rosário havia dedicado a dona Glenda e que era a canção do disco que ela mais gostava.

Alarcom bem que tentara incluir sua canção em homenagem a Elizeth, mas logo percebeu que teria poucas chances, uma vez que já havia uma artista sendo homenageada e, de fato, não faria sentido uma aparente concorrência.

Nestor chegou a perguntar por que Samanta não cantava a sua parceria com Alarcom, o samba-folk *A vida é assim*, mas o bom senso acabou prevalecendo, já que a música poderia suscitar alguma suspeita. Vai que aquele rapaz de Mesquita vê o show. Era antecipar problemas e dar oportunidade ao azar.

No fim, as músicas selecionadas por Samanta seriam as escolhidas e os ensaios para a apresentação no Canecão, marcados com ansiosa antecipação. Teriam de caprichar. Era a grande chance de suas vidas e a prova de fogo para Samanta Montenegro. Que ela aproveitasse, e nem pensasse em urinar no palco. O público ainda não estaria preparado para entender essa performance. Por um tempo ainda, Samanta teria de segurar as explosões em cena e o ímpeto expansivo de sua bexiga sensível.

LIII

DURANTE OS ENSAIOS PARA O SHOW BENEFICENTE DO Canecão, Alarcom era o que mais demonstrava espírito coletivo e controle das emoções. Fosse pelo calmante, fosse pelo remédio para hipertensão, fosse pela Elizeth Cardoso, o fato era que Alarcom Ferreira era outro homem. Parecia mais remoçado e revigorado, e transmitia ânimo e segurança para os demais. Notadamente para Samanta.

Nestor, preocupado com a elevação dos custos da produção do disco, chamou Alarcom e propôs a utilização de samplers e bateria eletrônica para economizar nos gastos com o aluguel do estúdio, além de ganhar tempo e acelerar o ritmo das gravações.

O vice-presidente artístico tomou um susto com a reação de Alarcom, que lhe deixou claro que não cederia dessa vez. Era absolutamente contrário ao uso dessas maquinetas metidas a instrumento e que só faziam gravar, reproduzir e espalhar sons numa escala musical. E onde ficava a veia criativa? A emoção e a falibilidade? Quanto à bateria eletrônica, nem pensar também. Preferia o Rossininho errando a batida ou falando sobre sexo o tempo todo durante as gravações. E ponto final.

Nestor Maurício, surpreendido pela determinação de Alarcom, concordou na hora com ele, apesar de não ser de seu feitio aceitar passivamente as objeções de subordinados. A palavra final fora sempre dele, mas acataria as razões de seu arranjador e parceiro por um único e simples motivo: além da efetiva possibilidade dele estar certo, Alarcom era um cardíaco hipertenso grave. Uma bomba-relógio que poderia explodir a qualquer momento. E não seria com ou por causa dele. Danem-se os custos, Nestor esqueceria a bateria eletrônica e os samplers, que, diga-se de passagem, haviam sido sugeridos, em off, pela pianista Cristiana Ortega.

O repertório do disco já continha nove músicas definidas e gravadas, só faltando serem mixadas e masterizadas.

1. *Eternamente jovem* — melô da Glenda (Maria do Rosário)

2. *Lesbiana chique* (Maria do Rosário e Samanta Montenegro)

3. *Meu nome é Divina* (Alarcom Ferreira)

4. *Ávida é assim* (Alarcom Ferreira e Nestor de Sá Nogueira)

5. *Capitu* (Luiz Tatit)

6. *Tardes* (Patrícia Mello)

7. *Românticos* (Vander Lee)

8. *Uma nova maneira de amar* (Clark, Smith e Ziza Mezzano)

9. *Ao vencedor, as batatas* (Benny Andersson e Bjorn Ulvaeus — versão: Fernandão da Pousada)

LIV

Dona Glenda passava por uma fase difícil. Quem convivia com ela sabia que lógica e equilíbrio não eram seus pontos mais fortes. Nenhum dia era igual ao outro. Uma espécie de cascata de sentimentos e aflições, num vaivém intermitente. Alegria esfuziante e quedas de humor repentinas. Para tristeza daqueles que privavam de suas relações, no entanto, as fases depressivas vinham se tornando aflitivamente mais freqüentes.

No novo círculo de amizades, onde conhecera o tipo niteroiense, mulato e professor de tango, por quem um dia dissera-se apaixonada, ela era tida como a mais animada e articulada do grupo. Era a primeira a chegar nos bailes com música ao vivo, era quem mais vibrava com os festivais de talentos da maturidade e quem organizava o bingo e as feiras de artesanato. Tinha sido, inclusive, a responsável pelo sucesso do show das sextas-feiras, que já trouxera artistas como Carlos José e Ellen de Lima.

Perfeccionista ao extremo, virginiana de ascendência zodiacal determinada a melhorar a concentração e o jogo de cintura, começou a fazer aula de flamenco, dança espanhola e sapateado. Transformou-se na musa da galera anciã.

E era tanta disposição, charme e olho em cima que Glenda passou a colecionar admiradores. Para desespero do nosso professor de tango niteroiense. Eram tantos e tão variados pares, inúmeras cantadas e presentes por qualquer motivo que não foram poucas as vezes em que o milongueiro ameaçou perder, além da parada, a classe.

De um rival em particular ele tinha a mais completa implicância. Suspeitava-se que Glenda estivesse de caso com um espanhol de bigodes, estilo Salvador Dalí mais recatado, ricaço fabricante de bolsas e artefatos de couro.

O espanhol, nascido na Galiza e com mais de vinte anos de Brasil, não tinha o menor escrúpulo em fazer qualquer coisa para atingir os objetivos. E Glenda passou a ser seu principal objetivo e objeto, o que era mais grave.

O que mais deixou o professor de tango sentido foram as levianas insinuações do galego rival:

— Este señor tanguista, Glenda, non puede ser buena cosa. Um mulato, negrón, professor de tango? Debia ser professor de samba, caramba. Por supuesto, em vez de milongueiro, salgueiro. Entonces, minha cara?

Dona Glenda sabia que esse era o calcanhar-de-aquiles de seu namorado. Ninguém reagia com naturalidade ao fato. Respondia a todo tipo de preconceito por ser mulato, especialista em tango e morar em Niterói. Infelizmente, a verdade era que não combinava nada. Uns achavam-no muito metido e outros um sambista degenerado e que, insistiam as más línguas, torcia escondido pela seleção argentina de futebol.

Contra o espanhol pesava a idade mais avançada. O galego era entrado nos anos. O cabelo todo branco e as rugas não o deixavam mentir, embora tivesse grana e a famosa tenacidade galega — por aqui só bem conhecida através dos limões na caipirinha.

Nosso professor niteroiense e mulato, craque no tango, era o par mais constante e ameaçara desafiar o espanhol para um duelo. Dona Glenda adorou esse rompante ciumento e demodê. Que se matassem por ela, pois sentia-se como um cobiçado troféu. E na sua idade...

Só que, ultimamente, dona Glenda vinha tendo umas recaídas de depressão que clamavam por atenção e tratamento.

De repente, parou com as máscaras de kiwi com abacate e os esfoliantes faciais. Parou de se arrumar, de se cuidar e deu para deixar de tomar banho em alguns dias mais frios. Como uma européia dos trópicos.

Samanta e Maria do Rosário se encontravam tão envolvidas com seus problemas pessoais que não notaram. Foi preciso o professor de tango e o galego ricaço promoverem uma trégua, seguida de aliança transitória, e procurarem por elas a fim de uma conversa urgente e confidencial sobre o tema que os afligia: a mudança comportamental de Glenda.

Contaram que ela estava deixando a todos muito aflitos. Não mais freqüentava o clube da terceira idade, deixara a organização das festas e bingos, abandonara as aulas de flamenco e sapateado, e eles desconfiavam que alguma coisa grave pudesse estar acontecendo. Talvez uma doença degenerativa...

De fato, Rosário já havia estranhado o novo jeito comportado e taciturno de dona Glenda. Só saía de casa para ler para os cegos na Urca. Vestia sempre a mesma roupa: uma saia longa de jeans, camiseta de algodão branca e calçado de salto baixo. Sua fisionomia andava diferente, e o olhar, triste e perdido. Rosário achou que fosse o início de uma crise de sinusite.

Mas a sinusite estava demorando muito. Samanta perguntou à mãe o porquê daquelas roupas e ouviu a seguinte justificativa: era para evitar ser assaltada. Não queria chamar a atenção dos pivetes.

Rosário pensou em atribuir aquela fase à possível intolerância dos remédios da medicina ortomolecular que ela começara a tomar. Já Samanta culpava os adesivos com hormônios que sua mãe usava para estimular a libido após a menopausa.

O professor de tango acusou o espanhol de tê-la seduzido com dinheiro, afirmando que, depois que Glenda o conhecera, tudo havia mudado.

O espanhol reagiu, chamando-o de embusteiro. Um híbrido mameluco que dançava tango em vez de samba.

Com muito custo, Samanta e Rosário conseguiram evitar que os dois se estapeassem ali mesmo.

Mas o cerne da questão era outro e todos concordaram, no fim, que o curioso e atípico comportamento de dona Glenda realmente inspirava cuidados.

O que ninguém desconfiava era que ela conhecera e se

interessara por um deficiente visual. Uma atração fulminante e quase inexplicável. Agora ela jurava a si mesma que, dessa vez, havia encontrado o parceiro ideal, o grande amor. Estava, definitiva e secretamente, apaixonada. Era, em sua forma mais literal e cômica, uma paixão cega.

LV

Enquanto no apartamento de Santa Teresa as preocupações e os principais olhares eram dirigidos sempre para dona Glenda e seu novo processo de mutação (de insaciável perua com super-reposição hormonal para perua recatada na linha "sou carola, temente à minha consciência e leio para cegos"), mais correspondência anônima chegava àquela residência-alvo. E o escrito reproduzia uma máxima do dramaturgo Nélson Rodrigues: "Quem não é canalha na véspera o é no dia seguinte."

Samanta comenta que está cada vez entendendo menos, embora no íntimo ela prossiga suspeitando da ex-amiga Kátia Luna. Rosário tenta achar uma linha de raciocínio que explique aquelas mensagens cifradas.

A primeira era chula e falava de velas e cotocos. A segunda parecia ter sido extraída de um sermão. Essa agora continha uma frase que lembrava Nélson Rodrigues.

Havia algo de desconexo no desenvolvimento daqueles recados anônimos ou no que eles quisessem indicar. A primeira era ressentida, a segunda era didático-religiosa e a última, depreciativa, insinuando canalhices.

Definitivamente, aquele(a) mensageiro(a) anônimo(a) não estava se fazendo entender. Ou era muito inteligente ou uma besta.

Lembrava aquele personagem de Woody Allen em *Take the money and run* (*Um assaltante bem trapalhão*), que não conseguia explicar à caixa do banco que aquilo era um assalto. A bancária demorou tanto a entender que deu tempo de a polícia chegar. Era o que ocorria com aquele(a) infeliz anônimo(a). De tão mal explicadas, as cartas terminariam deixando de ser levadas a sério. E Rosário debochava:

— Se era para parafrasear Nélson, melhor seria: "... acariciou a própria nudez como se fosse uma lésbica de si mesma."

— Sem comentários, Rosário. Você é doente...

Rosário tinha verdadeira fixação por essa frase. Nunca simpatizara nem lera profundamente a obra rodriguiana, mas admitia-o como inigualável frasista. Na literatura nacional, sem-par.

Dona Glenda avisa que naquela noite não dormiria em casa. Samanta e Rosário se entreolham, mas não têm coragem de falar nada. Bancando a filha preocupada, Samanta ainda esboça um "Juízo, mamãe..." antes de a mãe bater a porta e sair.

Rosário, no fundo, adora a idéia de poder passar a noite com Samanta mais à vontade. Há muito que as duas não se amavam como nos velhos tempos de loucura. Samanta parecia cada vez mais distante, sempre alegando ansiedade e nervosismo com a gravação do disco.

Agora a ansiedade crônica da semana era a véspera do show beneficente do Canecão. Não podia tomar gelado, não queria fumar, não se permitia sair à noite e fugia dos serenos e das correntes de ar. Andava pela casa, fazendo gargarejos de água, sal e limão e se entupindo de pastilhas homeopáticas de gengibre e própolis.

Rosário avisava que a melhor maneira de se enfrentar um problema era tentar esquecê-lo. Quanto mais se pensasse nele, seria pior. Uma forma de raciocínio simplista, quase idiota, com cara de Confúcio em canto de página de agenda, porém eficaz.

Naquela noite, as duas acabaram esquecendo um pouco do mundo, envoltas em carícias, carinhos e gozos. Samanta esquecia da aparente demência da mãe, das cartas anônimas atribuídas a Kátia Luna e da proximidade da estréia no Canecão, e Rosário deixava de lembrar por um tempo que seu caso com Samanta estava inevitavelmente chegando ao fim.

LVI

O ÚLTIMO ENSAIO ANTES DO SHOW NO CANECÃO RECEbera um reforço especial e inesperado. Lalá Martelo e Brígida reapareceram, aparentemente reconciliadas e em paz. Pediram para ser reintegradas ao grupo. Como se nada houvesse acontecido.

Na realidade ninguém poderia garantir se a atitude delas era fruto de um arrependimento natural, e conseqüente retorno ao trabalho, ou se estavam, no fundo, interessadas apenas em tocar no Canecão.

Samanta exultou com a volta das meninas. Já estava sentindo saudades. Afinal, acostumara-se à levada das duas. Rossininho via com simpatia a possibilidade de juntar sua bateria à percussão das moças. Ficaria uma cozinha e tanto. Mas Alarcom não havia engolido o procedimento nada profissional de ambas. Que brigassem, se xingassem ou tentassem se matar, nada justificava a atitude de largar o trabalho pela metade. Por ele, elas não voltariam.

Foi necessária a interferência de Ziza e sua habilidade no trato com as vaidades para administrar os equívocos e fazer com que Alarcom mudasse de idéia. De qualquer modo, as duas também tinham um certo nome e contribuiriam, sem dúvida, para a apresentação de Samanta. As duas partes lucrariam. Um telefonema de Nestor decidira a questão: Lalá e Brígida participariam do show. Contudo, assinariam um contrato paralelo que trazia uma pesada multa no caso de futuras desavenças, quebras de palavra ou comportamento que colocasse em risco a integridade física dos demais membros da equipe. Em outras palavras, as duas assumiam o compromisso de não mais misturarem a vida íntima e pregressa com a profissional. Melhor assim...

Os ajustes finais iam sendo observados no ensaio. Lalá e Brígida passaram com Rossininho a batida da versão do ABBA que elas ainda não conheciam e aproveitaram para acoplar o repique e o tantã ao ritmo. Cristiana Ortega caprichou nos acordes dissonantes e criou uma introdução brilhante para a balada *Eternamente jovem*.

Alarcom Ferreira acabou se entendendo com ela. A linguagem da música terminou imperando. E, para felicidade e calma do arranjador, a pianista gaúcha era competente e inspirada. Válter tocaria trombone de pisto e Luís Marcello, baixo elétrico.

As duas músicas escolhidas ficaram realmente ótimas, e apenas um detalhe contrastava com o avanço musical: a progressiva insegurança que transparecia nas pequenas atitudes de Samanta Montenegro. Errava a respiração, entrava deslocada nas canções, esquecia algumas partes da letra, enfim, preocupava. Mas devia ser normal que um misto de excitação e nervosismo afetasse sua voz e concentração. E o medo era uma conseqüência natural. Pudera. Acostumada a tímidas platéias nos bares da noite e pequenas casas de espetáculos, Samanta Montenegro cantaria agora para celebridades, e num dos palcos mais tradicionais da cidade. A verdade era que Samanta estava se urinando de medo.

Nestor sabia que a pupila não deveria mijar de forma nenhuma — nem de medo nem de emoção. Que apenas cantasse.

Ziza Mezzano confessava aos mais chegados que aquela apresentação no Canecão era um divisor de águas. Tudo poderia ir ao topo ou descer por água abaixo. Se a menina decepcionasse, a crítica não a pouparia. Até Maria do Rosário, que interpretava o papel de alicerce na vida da cantora, denotava ansiedade clara e quase pânico. Mas ela sabia disfarçar bem. Já dona Glenda se apegava aos santos e às rezas. Ultimamente tinha dado para isso. Andava com uma bíblia embaixo do braço e a carregava para todo lugar. Iria ao Canecão com ela e tudo daria certo, pois Deus iria querer.

— Se agarre com Deus, Samanta. Tudo vai sair direitinho, você verá. Deus é poderoso. Se agarre com Ele, minha filha...

Mas Samanta pretendia se agarrar noutras coisas. Pede para Rosário conseguir alguma droga para ela se acalmar. Não igual àquele coquetel fatídico de Santa Teresa, mas uma mistura qualquer, mais leve e que lhe desse algum pique.

Infelizmente não era bem pique o que ela queria, e sim coragem. Rosário providenciaria um sacolezinho com cocaína e aconselhava uns goles de conhaque com mel, minutos antes de ela entrar no palco. Samanta parecia mais aliviada. Não conseguiria segurar essa barra sem o providencial auxílio de muletas perigosas e enganadoras. Esse atalho ela iria percorrer, mesmo contrariando a lógica e os bons costumes.

Provavelmente causada pela ansiedade da participação no show beneficente, Samanta desenvolvera uma candidíase fortíssima. Isso sempre acontecia quando ela ficava nervosa e insegura. Sua capacidade imunológica descia a níveis alarmantes e ela pegava tudo quanto era doença, desde herpes simples e micoses até algumas infecções com bacilos mais resistentes.

A origem daquela candidíase fora de hora tinha sido os encontros com Válter, no apartamento do Bairro de Fátima. Graças à excitação e à falta de jeito, alguns preservativos acabavam saindo durante as relações. Válter do Trombone não primava pela higiene do corpo. Tinha mais cuidado com as paletas e os tubos da vara do trombone do que propriamente com a sua. Além disso, tinha uma vida sexual promíscua e animada, apesar do jeitão introvertido e sério. Mas como Samanta deixara de sair com ele já havia algum tempo, não relacionou o nome à pessoa. No caso, a culpa ao ato. O fato em si, e o que mais importava, era que as cândidas vagavam e se reproduziam altiva e despreocupadamente na genitália de Samanta. Ela que se tratasse.

Dona Glenda receitara violeta genciana e banho de assento com água morna. Era um santo remédio.

Noite da véspera do show. Samanta, devidamente banhada em água morna, empapada de violeta genciana nas partes íntimas, uma garrafa de conhaque e outra de mel na mesinha-de-cabeceira, o sacolé bem escondido na gaveta, tentava dormir para acordar bem-disposta e sem olheiras para a grande noite da sua vida.

Dona Glenda acendera algumas velas e Maria do Rosário admitia estar com colite nervosa.

Como Samanta não conseguisse pegar no sono, Rosário deu-lhe metade de um comprimido para dormir, tomou a outra metade e alertou dona Glenda para ter cuidado com as velas e não incendiar a casa.

Amanhã era o dia. Todos os atalhos convergiam para o Canecão.

LVII

Como era de se esperar, Samanta sonharia com a apresentação no Canecão.
Um sonho estranho e repleto de significados. Um sonho em preto-e-branco, tipo nouvelle vague, ou em flashes como em *One plus one*, de Goddard, e que tem início com sua mãe não deixando ninguém entrar no camarim, pois estava se maquiando. Era a prima-dona da festa, roubando a cena. Na porta fechada, uma estrela de cinco pontas e o nome de dona Glenda no meio, com letras douradas. Samanta queria se pintar, mas não podia. Logo seria hora de entrar em cena. Falava a todos que era a filha de dona Glenda, cantora que ia se apresentar na abertura do show, mas ninguém lhe dava a menor atenção. De repente Samanta é levada por uma mão amiga e conduzida ao palco. Era uma figura vestida em andrajos, meio etérea, meio nebulosa, com o semblante da ex-amiga Kátia Luna. Agora ela consegue ver a platéia do Canecão. O sonho passa a ser colorido. A atmosfera sur-

realista dominando e um universo de Fellini se delineando, como em *Roma*. Mas não havia nenhuma orgia. Todos conversando animados, garçonetes despidas completamente ou, melhor, com aventalzinho e touca, revezando-se no serviço às mesas, num burburinho característico de casa lotada. Ela já está no meio do palco, segurando o microfone, e ninguém parece perceber. Como se ali não estivesse. Começa com o tradicional "Ei, som, som! Ei, som!" para testar o retorno, os agudos e graves. A platéia, nada. Ouve agora a voz familiar de Luís Marcello, no seu cangote, repetindo as cantadas idiotas de sempre: "Machucou muito quando caiu do céu, meu anjo?", "O que é que este bombonzinho está fazendo fora da caixa?" ou, ainda, "Eu não acreditava em amor à primeira vista, mas quando te vi mudei de idéia...". Interagindo com a platéia, ela responde que conhecia muitíssimo bem aquele amor à primeira vista. Pois sim. Era só sexo à primeira e única vista. O público assobia e aplaude. Agora, sim, ela tem todos nas mãos. Aproveita para se apresentar: Samanta Montenegro, cantora de blues, folk e MPB, de Santa Teresa para a fama. Ameaça contar a sua vida. Desnudar-se, abrir a alma por completo no Canecão lotado. Falaria dos atalhos e de toda a dificuldade de ser cantora iniciante num país com dezenas de vocações para Dalvas de Oliveiras e Ivetes Sangalos. De repente, começa a notar um alvoroço e titití na platéia. Válter do Trombone abrira seu casacão e, nu em pêlo, deixara à mostra o membro enorme, balançando por entre as pernas. Sacudia o tal e comparava os tamanhos dos dois instrumentos: o trombone de vara e a vara propriamente dita. Metade da platéia aplaude, a outra vaia. Samanta não sabe se começa a cantar ou se pede desculpas

OS ATALHOS DE SAMANTA

a todos pela vara ou, melhor, pelo desatino de seu trombonista inconveniente.

O sonho começa a virar pesadelo quando ela olha para trás e nota que Alarcom Ferreira e Cristiana Ortega estão se atracando. O arranjador está tentando estrangular a pobre. A atmosfera agora é hitchcockiana e retorna ao preto-e-branco, com densidades de um Bergman de *O sétimo selo*. Quanto mais ele aperta o pescoço da pianista, mais o público delira e pede empenho. O arranjador tresloucado pára, pega Cristiana pela mão e se dirige ao centro do palco. Perfilam-se e curvam-se à espera das palmas. O público grita: "Por que parou, parou por quê?" Mas, antes mesmo que Samanta consiga se recuperar, a platéia já tem outra atração: Lalá e Brígida fazendo sexo oral mútuo, lambendo-se com frenesi por cima dos atabaques, com Rossininho ao fundo, baquetas entre os dentes, acompanhando de perto e se masturbando. O sonho voltara a ser colorido e o clima era de um Walter Hugo Khouri em *As filhas do fogo*. Samanta não sabe se chora ou se participa da brincadeira sexual e explícita. Era o clímax do show e o Canecão todo, de pé e aplaudindo, grita o nome de Samanta Montenegro. Nesse momento mágico ela pega o microfone e começa a cantar, a capela, a ária *La donna è mobile*. O sonho adquire ares de bel canto numa epopéia inadmissível, como em *Fitzcarraldo*, de Herzog. Um silêncio respeitoso se impõe quando, no meio da interpretação, ela se agacha e começa a urinar no palco. Findas a ária e a benesse mictória, o público não se contém e a ovação e a consagração tornam-se inevitáveis. No meio do transe da platéia, um fã sobe ao palco e salta sobre ela: é o cadáver vivo de Paulão. O abraço é gélido e mortal...

Ela, num salto, desperta, assustada. Retém na cabeça ainda a imagem cadavérica do ex-namorado.

Inteiramente suada e com taquicardia, descobre, impressionada, que também está toda molhada de xixi. Levanta-se com cuidado e, sem fazer barulho para não acordar Rosário e a mãe, vai ao banheiro, muda de roupa e lava o rosto para ter certeza de que acordara daquele pesadelo. Na cozinha, toma um copo com água. Pensa no sonho maluco e retorna ao quarto. De volta à cama, debaixo dos lençóis, respira fundo. Tomara conseguisse dormir ainda o resto da noite sem mais sustos ou percalços.

LVIII

Atalho. *S.m. caminho secundário, derivado de um principal, pelo qual se encurtam distâncias e/ou se chega mais rapidamente ao lugar de destino.* (Dicionário Houaiss)

DE MANHÃ, EM SANTA TERESA, DONA GLENDA E ROSÁrio já acordaram. Samanta ainda continua dormindo. As duas comentam o forte odor de urina no quarto.

Dona Glenda pergunta a Rosário se poderia levar ao Canecão um amigo cego que ela conhecera no Benjamin Constant. Queria fazer uma surpresa e apresentá-lo à filha. Rosário garante que não haveria problema. Deixaria o nome dos dois na lista de convidados.

— Como é o nome dele, dona Glenda?

— Precisa do nome dele?

— É mais simpático que botar "Dona Glenda e seu amigo ceguinho"...

— Que tal Glenda Gregório e um amigo?

Rosário acha esquisito o comportamento da mãe de Samanta. No mínimo, provocador. Quem seria esse tal amigo deficiente visual capaz de provocar tanto suspense, Stevie Wonder? Fosse quem fosse, na verdade, não importaria.

As duas resolvem acordar Samanta. Já passava das duas da tarde e ela ainda estava em jejum. Precisava se alimentar direito para dar tudo no show. Além do mais, dona Glenda não estava mais agüentando aquele cheiro de mijo se entranhando pelo apartamento. Que diabos! Será que a filha tinha feito xixi na cama? Isso nunca havia acontecido quando ela era bebê.

Samanta desperta com dificuldade. O medo de fazer alguma coisa que possa nos ameaçar sempre dá um sono danado. Queria um atalho para fugir, mas era tarde demais. Agora tinha de encarar.

Os preparativos naquele apartamento só tomavam uma direção e perseguiam um único objetivo: a tão ansiada apresentação no Canecão.

Nestor telefonara para saber como estava sua cantora preferida. Disse que o chofer passaria para buscá-la na hora combinada. Avisou que ela deveria chegar com uma hora de antecedência, para o caso de surgir alguma reportagem. Sabe como é, a ocasião faz o ladrão ou a estrela.

Ziza Mezzano ligava de hora em hora, ultimando detalhes e avisando que os jornalistas e alguns críticos, sem contar os curiosos, queriam saber quem era essa tal de Samanta Montenegro. Seria parente da Fernanda? Prima da Fernandinha Torres? A adoção do pseudônimo artístico surtira o efeito desejado.

OS ATALHOS DE SAMANTA

Mas o que Ziza não percebia era que jornalistas e críticos especializados detestam parecer ignorantes. Na verdade, queriam somente saber algo a fim de não escreverem bobagens ou ficarem atrás da concorrência. Ninguém ali estava interessado em conhecer um novo talento, ainda mais em se tratando de uma nova cantora. Era como uma tênue linha que separasse duas intenções efetivas: o próprio umbigo jornalístico e a quase total improbabilidade de se surpreender com mais alguma coisa, o que, no fim, acabava conferindo um certo status.

Samanta pede a Ziza para entrar em contato com Kiko Martini em Porto Seguro, avisando que a versão do Fernandão da música do ABBA, *Ao vencedor, as batatas*, fora escolhida para ela cantar no Canecão. Ziza promete que vai tentar. Aquele viado era capaz de enfartar. Quem sabe até pegasse um táxi aéreo e viesse ao Rio. Não duvidava. Ziza Mezzano nunca perdoara Kiko Martini pelas fofocas e intrigas a respeito de sua sexualidade. A dela, naturalmente, posto que ele era mais que assumido, um apologista da perversão exibida, e sentia indisfarçável prazer em chocar as pessoas.

Se dependesse só do esmero na produção do vestuário, Samanta Montenegro arrasaria no Canecão. O vestido, escolhido e emprestado por uma figurinista, amiga de Ziza Mezzano, era um charme. Preto, a cor preferida de Samanta, um micro de veludo devoré, com decote em fenda indo quase até o umbigo. Uma blusa de anarruga transparente, servindo como uma espécie de xale, e sandálias de salto alto e em tiras que subiam pelas pernas como botas. Nos acessórios, uma gargantilha de dona Glenda, de ouro branco, pulseira com turquesas e argolas de bijuteria fina.

O cabeleireiro caprichara nos detalhes. O cabelo longo, com penteado metade preso, metade escorrido, num make-up patricinha e chegado a um punk moderno. A maquiagem superdiscreta, mas o batom bem vermelho para realçar as parcíssimas semelhanças com Courtney Love, sua imagem preferida. Imaginava-se uma viúva de Kurt Cobain, com a voz de Karen Carpenter e o carisma fatídico de uma Maysa. Mas, no fundo, beirava mesmo um arremedo de Britney Spears.

Seja o que fosse ou imaginasse, a sorte estava lançada e a hora chegava célere e impiedosa. A incógnita pendente era como iria se drogar? Não queria dar na pinta. Rosário garante estar tudo sob controle.

Em cima da hora Samanta decide que não vai usar cocaína. Talvez em homenagem ao Paulão. Enfrentaria a sorte de cara limpa. Ou, melhor, quase limpa. Pelo menos uns tragos eram de lei. Rosário recorda de um velho macete utilizado pelos artistas antes de entrarem em cena: sorviam de uma só vez doses generosas de bebida destilada e balançavam a cabeça, a fim de acelerar o efeito. Era tiro e queda. Samanta lembra de uma amiga que trabalhava num restaurante mexicano como tequileira. Sua tarefa principal na casa era exatamente servir um inusitado drinque com tequila e sacudidas na cabeça, enquanto soprava um apito agudo. Ninguém sabia explicar a verdadeira função daquele apito, mas ela garantia ser essencial. Sem apito não haveria nenhum barato. A conclusão dos freqüentadores era de que alcoólatras deficientes auditivos teriam de mudar de drinque.

Mas Samanta estava decidida. Ela não era surda e alguma coisa lhe dizia que aquela era a melhor saída: tequila sacudida ao som de um apito agudo.

    Rosário correu ao supermercado para comprar uma garrafa de tequila. Não tinha. Teve de recorrer aos amigos para descolar aquelas minigarrafinhas de hotel. Conseguiu duas, com a promessa de depois repor, pois o estoque fazia parte de uma coleção. A maior dificuldade, no entanto, foi encontrar o apito. Uma amiga, sobrinha de um juiz de futebol, foi a salvação. A dúvida agora era saber quem sacudiria sua cabeça após as goladas de tequila. E, mais importante, quem apitaria.

LVIX

MESMO COM MICROVESTIDO PRETO, DECOTE VISCERAL, penteado punk, gargantilha de ouro branco e tequila no apito, sua aparição no show beneficente do Canecão não correspondeu às expectativas. Não alcançou sucesso, não marcou presença nem desencadeou o furor crítico. Apenas uma apresentação mediana, razoável, uma mosca-morta.

Não desapontou, não cometeu falhas, não desafinou, mas também não chamou a menor atenção. Brancas nuvens, elogios vagos e comentários déjà vu. Do tipo "Valeu". Nada mais.

Tanta ansiedade e preparação, tantos sonhos, e tudo se passara como uma chuva de verão. Dez minutos de glória efêmera. Mais uma vez a realidade desbancava a fantasia. Vive-se mais do sonho do que da prática real.

A apresentação transcorrera com uma normalidade que chegara a incomodar. Samanta Montenegro, anunciada, entrara no palco para a abertura dos trabalhos. Recebida com educação e até simpatia, cantara as duas músicas e saíra tão famosa quanto entrara. Enfim, não convencera. Era mais uma entre centenas. Uma promessa de sucesso igual a seu país. Seria melhor ter dado logo uma daquelas famosas mijadas naquele público respeitoso, frio e distante.

Nestor parecia satisfeito. O importante era dar o primeiro passo. Afinal, ela nem tinha disco gravado e já estava cantando no Canecão. O que poderia querer mais?

Alarcom Ferreira e os demais músicos também se sentiam felizes. Tudo tinha corrido bem. Cristiana Ortega não se continha de felicidade. Tocar no templo do Canecão, freqüentar o camarim com nomes como Wagner Tiso, Leandro Braga, Cristóvão Bastos — sem contar todas aquelas superestrelas. Era admiradora antiga de Zélia Duncan, que, aliás, teve de autografar todos os cedês que ela levara. Um vexame. Brígida e Lalá Martelo estavam relaxadas. Veteranas daquelas cenas, aproveitaram para rever amigas e refazer alguns contatos. O mesmo para Válter do Trombone e Luís Marcello. Já Élcio Rossini conseguiu emprego numa banda de rock que queria botar o pé na estrada. Assim que acabasse, é claro, a gravação do disco de Samanta.

O pior, entretanto, ainda estava por acontecer. A crítica especializada não tocou no nome de Samanta. Era como se ela não tivesse participado do show. Foram tantos nomes famosos que não sobrou espaço na mídia para ela.

Para não se dizer que havia passado incólume, um jornaleco, mídia alternativa e nanica, comentara sua atuação. Um crítico, que nem assinara o nome, talvez para não sofrer retaliações, insinuara tratar-se de mais uma cantorazinha grunge, na linha tatibitate. E terminava a análise afirmando que sua participação fora inexpressiva e dispensável, e que ela poderia ser classificada como volátil e ciclotímica.

Boa coisa não devia ser. Demorou-se para descobrir o que seria volátil e ciclotímica. Ou seja, algo mutável e que aparecia de tempos em tempos. Samanta ameaçou quebrar a cara daquele babaca:

— Volátil é a mãe dele. E que doideira é essa de ciclotímica?

Ziza Mezzano tentou ponderar que era preferível alguém falar mal do que não falar nada.

Lalá Martelo garantiu que aquilo era coisa de jornalista que não tinha o que falar e inventava palavras esquisitas só para impressionar.

Mas impressionada mesmo ficou dona Glenda, que lamentava a toda hora o fato de terem chamado sua filha de ciclotímica.

Luís Marcello afirmou que a crítica não causaria grande impacto porque a maioria das pessoas não iria mesmo saber o significado daquelas palavras.

Nestor Maurício decidiu contemporizar. Se fosse tomar satisfações com o responsável por aquele jornal, iria provocar ainda mais celeuma.

A bem da verdade, Samanta Montenegro era mesmo uma cantora volátil e ciclotímica. Mas ninguém queria admitir.

LX

O PESSOAL DA CÚPULA DA MULTINACIONAL DO DISCO, com alguma inquietação, cobrava de Nestor Maurício resultados mais agressivos para as projeções de lucro do primeiro trimestre. Desde que Nestor assumira a vice-presidência artística, os números dos indicadores de faturamento haviam estacionado.

Ele passa a cobrar serviço dos funcionários. No seu íntimo, tenta disfarçar o incômodo dos custos elevados da produção do disco de Samanta Montenegro. Um trabalho quase suicida e bem filantrópico-familiar.

Ao ser pressionada por Nestor — o disco tinha de possibilitar algum retorno financeiro —, Ziza Mezzano surge com uma idéia maluca, que ela jurava ser o segredo para Samanta estourar. Era simples: Bruno e Marrone não falavam de um guarda ("... seu guarda, eu não sou vagabundo, não sou delinqüente, sou um cara carente, eu dormi na praça...") e Reginaldo Rossi num tal garçom ("... garçom, aqui nesta mesa de bar, você se cansou de escutar centenas de casos de amor...")? Então o negócio era conseguir uma música que tratasse de alguma profissão específica. Que tal uma canção sobre um motorista de táxi, ou um porteiro de clube, um segurança de boate, um guarda-costas, sei lá.

Por pouco, Nestor não demite Ziza. Pesaram anos de bons serviços prestados. Mas que deixasse de demências e palpites idiotas. Aproveita e pede a ela um relatório sucinto de custos e pergunta o que cada um, ligado ao disco de Samanta, estava fazendo. Em caráter de urgência.

Em Santa Teresa, chega outra correspondência anônima. Nos mesmos moldes das anteriores. E de novo com cunho religioso: "Temos de ser humildes, rejeitar a prepotência e a soberba. Nossa consciência será a nossa lei."

Para Rosário, a mensagem continha um claro alerta às vaidades. Já Samanta interpretara como uma alfinetada em sua consciência pesada e culpada. Agora tinha quase certeza de que a misteriosa missivista era mesmo Kátia Luna. Mas não falaria disso com ninguém.

Samanta tenta lembrar da figura que avistara numa mesa central no show do Canecão, parecidíssima com Kátia. A penumbra não lhe deixou certezas, mas era bem parecida. Enquanto cantava, procurava por seus olhos. Pelo olhar saberia reconhecer a velha amiga. Mas ela se levantara naquela hora. Talvez para ir ao banheiro ou, quem sabe, fugir. Depois não conseguira mais avistá-la. Mas alguma coisa lhe dizia que era Kátia que estivera ali.

A fase sexual de Samanta Montenegro era dominada por indecisões e ânsias de isolamento. Depois da morte de Paulão, e com Nestor dando um descanso em suas avacalhações sexuais e bizarrices, restavam a ela poucas opções. Com o rompimento de seu affair com os trombones e embocaduras de Válter, sobrou-lhe apenas o amparo da amiga de cama e fogão, Maria do Rosário. Era seu único conforto e apoio logístico na categoria "luxúria de ocasião". Mas agora nem mesmo a fogosa e prendada amiga lhe dava prazer. Talvez fosse a ansiedade em relação à finalização do disco, ou uma preocupação de fundo psicanalítico qualquer, mas o fato era que, para Samanta, sexo não estava significando muito. Sua atual opinião sobre o assunto era comparar as atividades sexuais à obra completa de Jorge Amado: um ou outro clímax, uma ou outra passagem inspirada, mas no fim era tudo a mesma coisa.

O problema era que a fase da amiga e parceira Rosário não coincidia com a dela. Certamente por insegurança de que Samanta fizesse sucesso e a abandonasse, ou ainda por pura carência, Rosário se encontrava em pleno período de libido descontente. A todo momento procurava sexo com Samanta, se esgueirando, coxeando, disfarçando obscenidades, beirando o patético. Não poderia dar certo. Até dona Glenda, que ultimamente só tinha olhos para o amante cego (em todos os sentidos, já que vivia lendo para ele), mesmo ela notara os desencontros conjugais entre a filha e Rosário. Como tia, amiga ou sogra, sabe-se lá, aconselhou Maria do Rosário a ficar afastada por uns tempos e deixar Samanta sozinha. Quem sabe ela não estivesse necessitando de alguma solidão? No afastamento, vemo-nos melhor e podemos enfim encarar todos os espelhos. Não dos narcisos, mas da alma. Mas Rosário, inconformada e cáustica, não cogitava a hipótese de se afastar dali. Se ficasse sozinha nesse momento, acabaria louca. Queria tudo, menos espelhos. Ainda mais os da alma.

No fim, ficou tudo combinado assim: Rosário permaneceria no quarto de Samanta, mas sem sexo. Amigas para sempre. Normais, como tantas outras.

LXI

RELATÓRIO DE ZIZA MEZZANO (A PEDIDO DE NESTOR Maurício, vice-presidente artístico e responsável pelo marketing da empresa).

Para: Vice-presidência artística
At.: Sr. Nestor Maurício de Sá Nogueira

Ref.: Custos adicionais para realização de CD
Artista: Samanta Montenegro

— Análise do comportamento dos profissionais contratados e envolvidos no projeto:

[...] a pianista gaúcha Cristiana Maria Ortiz Ortega — vulgo Cristiana Ortega — se entrosando rapidamente [...] Essa menina parece mais madura do que aparenta. Precoce e talentosa, pode ser aproveitada em projetos futuros que envolvam redução de custos e um mínimo de qualidade — desde, é claro, que lhe refreiem os instintos graves da maledicência e da distorção comportamental envolvendo sexualidade e autocontrole. Quanto mais cedo, melhor.

[...] Luís Marçal — vulgo Luís Marcello — tem temperamento dócil e é razoavelmente aplicado nos ensaios [...] Chega a constranger sua insistência em querer seduzir a intérprete, que, invariavelmente, o despreza. Faltam-lhe um mínimo de autocrítica e amor-próprio.

(...) Válter José Osório — vulgo Válter do Trombone — é músico calmo e introvertido [...] Às vezes exagera na calma, parecendo sempre dopado ou em transe moderado. Mesmo devagar, quase nunca chega atrasado aos ensaios [...] Seu trombone de vara é comentado e motivo de exaltação, principalmente entre o público feminino.

[...] Élcio Rossini — vulgo Rossininho — é baterista competente [...] Não gosto do jeito que me olha [...]

[...] Samanta Maria Gregório da Silva — vulgo Samanta Montenegro — melhora e progride a cada ensaio [...] Precisa acabar com essa mania de querer imitar a Courtney Love e a Christina Aguillera [...] Pode vir a se transformar numa excelente cantora. Só o tempo dirá.

[...] Larissa Neves Soledad — vulgo Lalá Martelo — e Brígida Lorenhsen — vulgo Brígida — acabaram de vez com as desavenças particulares [...] Excelentes profissionais, responsáveis pelo molho e ritmo das gravações [...] Só deveriam saber separar melhor os momentos de trabalho e os de divertimento sexual.

[...] João Alarcom Ferreira — vulgo Alarcom Ferreira — é arranjador experiente e compreensivo [...] Às vezes compreende até demais e perde o pulso no controle da

OS ATALHOS DE SAMANTA

turma, sendo chamado de frouxo e palerma nos momentos de maior tensão e estresse, o que, penso, ele deveria saber coibir.

Considerações finais:

[...] Em resumo, com a gravação de mais cinco ou seis músicas (ainda a serem escolhidas); o processo de mixagem para que haja homogeneidade do som e total realce na modesta voz da cantora; a masterização a fim de eliminar os constantes desníveis de freqüência e volume que ocorrem ininterruptamente; uma maior concentração da cantora, que sempre interrompe as gravações, fascinada ao ouvir a própria voz no fone; a necessária e urgente moralização do grupo; e a contratação de um profissional encarregado da programação visual do encarte e das fotos da capa e contracapa, os custos não sofrerão nenhum processo de extrapolação dos limites propostos.

Ass.: Ziza Mezzano — Produtora-executiva

LXII

Kiko Martini manda carta para Samanta. Explica que agora a pousada tem uma homepage. Manda seu email e pede para se comunicarem via internet em vez do correio tradicional. Era mais rápido e prático. Pergunta pelo disco, pelas novas taras do Nestor e quer saber, tintim por tintim, tudo sobre a noite do Canecão. Se tivessem gravado, que mandassem uma fita para ele. Como estava Ziza Mezzano? Tinha finalmente assumido? Pensava em dar um pulo ao Rio. Fernandão estava impossível, agora que era um versionista gravado. Todo prosa e falastrão, ninguém mais o agüentava, repetindo sempre o mesmo assunto. Tinham planos de ir ao lançamento do disco. Aproveita para contar histórias do lugar e da sua nova felicidade em ter encontrado a cara-metade. Fernandão era tudo. Conta também da confusão armada em Porto Seguro por causa da Parada do Orgulho Gay que eles haviam organizado. Saíra até no jornal. Nem eles esperavam tamanho afluxo de gente. Eram tantos drag-queens e simpatizantes da causa homossexual que deixara espantado até o gay mais otimista. Relata que tudo ia transcorrendo com naturalidade, com a presença da imprensa local, alguns políticos à distância e o predomínio da paz e do frescor da alegria e descontração. Um luxo. De repente, uma corja de desocupados e doidões de cachaça e pó resolve organizar uma Parada do Orgulho Macho, só para confrontação. A título de nada, só de sacanagem. Os baderneiros vieram na direção contrária, com provocações e gritos de ordem, dispostos a amedrontar e tentar denegrir a manifestação cor-de-rosa. Pura inveja. É claro que a briga comeu solta, e, para cada bicha nocauteada, sobrevinham mais três. O grupo do orgulho gay acabara bem machucado, mas vitorioso. Ele próprio levara alguns chutes desferidos por aqueles trogloditas. Mas resistira. Os cafajestes do orgulho macho acabaram se dissipando e a festa pôde continuar. Um sucesso. Agora ele era um homossexual praticante e militante. E com muito orgulho. Vivia uma felicidade beirando o êxtase. E o maior responsável por tudo aquilo era Fernandão. Termina a carta dizendo-se remoçado, com muito mais saúde e quase totalmente esquecido do passado de lutas inglórias. Parafraseando Ingrid Bergman, declara que felicidade era boa saúde e pouca memória. Que ela se cuidasse, aproveitasse a vida sem culpas e não demorasse em mandar notícias.

Samanta fica feliz pelo amigo Kiko. Quanta falta não lhe estava fazendo. Ainda mais agora que ela precisava desabafar num ombro amigo. Seguiria seus conselhos e esqueceria, momentaneamente, todas as possíveis culpas. Os atalhos eram justificados pelos fins.

OS ATALHOS DE SAMANTA

A candidíase não dava tréguas. Ela vivia com a genitália pintada de roxo. Todas as calcinhas manchadas de violeta genciana. E nada de melhorar. Iria procurar um ginecologista.

Os ensaios continuavam, mesmo com a ausência de Alarcom Ferreira, que precisara ir a Belém tentar solucionar alguns problemas familiares. A pianista de formação erudita Cristiana Ortega e o contrabaixista Luís Marcello assumiriam o comando durante aquele semana.

Com a viagem de Alarcom, os ensaios aconteciam com surpreendente calma e boa sintonia. Um único incidente ocorrera graças a uma discussão rotineira sobre marcação e ritmo. Rossininho gostava do clima jazzy e usava e abusava da vassourinha. Lalá e Brígida, contrárias à levada sem sal, queriam mais peso. O baterista insistia na versão moderada drum'n'bass e as duas, na pegada punk/hardcore. O meio-termo era o mais indicado, como sempre.

Na volta de Alarcom, novidades na bagagem: duas novas músicas que ele conseguira na incursão ao norte do país.

Em Belém, ele havia reencontrado um camarada seu, compositor e violonista, Antonio Galdino, antigo companheiro dos tempos das farras na Condor, famoso reduto de prostitutas da cidade. Pedira a ele uma música para o disco de Samanta. Galdino indicara a balada *Pergunte o que quiser*, gravada pela Fafá, no disco *Estrela radiante*, da Polygram, em 1979. Alarcom recorda da melodia. Era mesmo a cara de Samanta Montenegro.

Beberam ao encontro e à nova oportunidade de trabalharem juntos. Durante a comemoração etílico-nostálgica, esbarram com outro velho amigo. Era o pernambucano Lula

Cortes, que estava de passagem na capital paraense para um show. Alarcom aproveita e pede uma música para o disco. Lula Cortes tinha umas canções com cara e jeito de Raul Seixas. Também lembrava Belchior dos velhos carnavais. Lula era artífice do movimento do surrealismo nordestino, violeiro de Alceu Valença e conhecido como o Feiticeiro de Candeias em Recife. Ele pergunta pelo estilo da cantora. Alarcom explica que é uma cantora novinha, protegida de um figurão da gravadora, mas gente muito boa. Não gostava de samba e seu modelo preferido de música era romântico e sentimental, com letras herméticas, tipo "baboseira-pop". Lula indica a canção *As estradas*, balada que falava de caminhos da mente, na linha mind guerilas de Lennon, fase Yoko. A letra também dizia que, assim como o sol, os homens deviam brilhar, também no melhor estilo John, como em "*we all shine on*". Lula já havia gravado a canção, com Robertinho de Recife no violão de 12 e na cítara. Que Alarcom mantivesse o mesmo tipo de arranjo, que era sucesso certo.

E tudo ficou combinado assim. Tomaram um porre fantástico, brindaram à música e à amizade, relembrando um período que ia bem distante, uma época de ouro em que a saúde ajudava e a cabeça permitia toda sorte de loucuras.

LXIII

Válter aproveita para dar a boa notícia, que estava conseguindo uma música com o amigo Mu Chebabi, diretor musical do grupo Casseta & Planeta. Era a bem-humorada *Tô tristão* (do original "Estou Alceu de Amoroso Lima"), composição do próprio Mu, em parceria com Beto Silva, Claude Mañel, Bussunda e Mané Jacó. Faltavam pequenos detalhes para a liberação. Samanta adorava essa música, que já havia saído no LP *Preto com um buraco no meio*, BMG Ariola, de 1989.

Depois de tomar conhecimento do relatório de Ziza Mezzano e de analisar as dificuldades, os custos adicionais e outros detalhes, o vice-presidente artístico Nestor dá o ultimato, mais conhecido tecnocraticamente como "dead line", ou última data possível para a finalização do disco de Samanta Montenegro. Que escolhessem logo todas as músicas e apressassem as gravações, que ele já andava receando alguma represália ou comentário maldoso. Um homem na sua posição hierárquica no mundo do disco não deveria deixar brechas ou possíveis clarões na retaguarda, já que os inimigos eram em grande número e, tal qual salomés ressentidas, sequiosos em ver sua cabeça sobre uma bandeja. E ele não nascera para João Baptista.

E a corda ia arrebentando do lado dos mais frágeis, como sempre acontece nesses casos. Nestor chama a atenção de Ziza, que espinafra Alarcom, que fica abatido e repassa o problema aos músicos. A revolta é geral. Não se pode comparar o fazer artístico com uma coisa mecânica, industrial. Que ele fosse trabalhar numa fábrica de lingüiça ou afins. Se estivesse com pressa, que viesse tocar na banda em vez de ficar pressionando. Enfim, a bronca e a revolta eram unânimes, mas a acomodação posterior, mais que lógica, era uma questão de tempo. Obedecia quem tinha juízo e mandava quem podia. Mesmo para a mais nobre das artes, o mercado era exigente e inexorável. O velho vil metal regia as leis e normas da música pop. Resignados à própria sorte, convocaram uma reunião emergencial e chamaram a principal interessada, a cantora estreante e motivo do trabalho, nossa blues-roqueira Samanta Montenegro

A reunião pega fogo. Açodada e posta contra a parede, Samanta declara que, por ela, gravava qualquer coisa, o importante era o disco sair. Alarcom discorda e diz que tem um nome a zelar e que não sairia gravando qualquer música por motivo nenhum. Cristiana Ortega faz pilhéria e comenta que depois da gravação do samba em homenagem a Elizeth qualquer coisa poderia ser gravada. Alarcom sente a pressão sangüínea subir e tenta se controlar para não partir para a briga com a pianista provocadora. Luís Marcello toma as dores do amigo e chama pela mãe de Cristiana, deixando claro que ela estava era precisando de um bom macho. Os ânimos esquentam. Brígida ameaça a todos com seu vigor físico nórdico e tenta pôr ordem na casa. Ziza toma a palavra e declara que daquele jeito ninguém vai chegar a lugar nenhum. Válter do Trombone se retira e vai acender unzinho no banheiro. Lalá Martelo e Élcio Rossini, em discussão paralela, divergem em variações sobre o tema. Ele defendendo Alarcom e Elizeth, e ela a pianista gaúcha. Samanta então solta um berro e cai em choro convulsivo. Só assim faz-se um pouco de silêncio no local. Reunião encerrada, Ziza anuncia que naquele fim de semana não haveria mais ensaio, e que novos encontros só aconteceriam com o repertório já decidido. E, por fim, avisa que as gravações teriam seu término dali a um mês, no máximo. Nem mais um dia. Eram ordens superiores.

Samanta percebe que as ordens superiores vinham da vice-presidência artística. Conclui que não teria mais nada a discutir ali. Quando chegasse em casa, ligaria para Nestor e checaria toda aquela confusão.

Talvez já prevendo problemas, ou por pura intuição masculina, Nestor saíra mais cedo do trabalho e viajara com a família para passar o fim de semana numa ilha em Angra dos Reis, no resort de um casal amigo.

Samanta tentou, desesperadamente, localizá-lo, mas ele estava incomunicável. Sem telefone ou celular. Nada. Samanta teria de aguardar até segunda-feira.

LXIV

O FATO ERA QUE O REPERTÓRIO DEVERIA SER ESCOLHIDO a toque de caixa. Samanta tinha de definir de uma vez as músicas que completariam o disco.

Naquele fim de semana, foi convidada para uma festa na casa da cantora Amelinha, na estrada de Muriqui Grande, em Pendotiba, Niterói. Resolve ir para relaxar um pouco. A semana tinha sido catastrófica. Como se não bastassem a urgência para terminar o disco e a falta de canções para gravar, ainda havia a maldita candidíase, que não passava de jeito nenhum. Samanta vivia com o aplicador de pomada ginecológica na bolsa. Seria cômico se não fosse crônico. Agora aparecera um herpes labial. Era demais. Como resultado da ansiedade e do pesado estresse, sua capacidade imunológica devia estar a zero.

Uma festa a essa altura cairia muito bem. Convidaria Rosário para ir com ela. Estava com saudades de sair com a amiga. Foram as duas para a casa de Amelinha.

Na barca, rumo a Niterói, elas conversam sobre o último bilhete anônimo que Samanta acabara de receber: "Ao morrer, a pantera deixa a pele e o homem abandona a fama, pois os ratos conhecem bem o caminho dos ratos..."

Samanta não tinha mais dúvidas de que era Kátia Luna a autora das mensagens anônimas. Esta última deixava pistas claras, pois tinha origem nos provérbios chineses, dos quais Kátia era profunda conhecedora. Rosário ainda mantinha suspeitas sobre a mulher de Nestor. Mas Samanta sabia que Rovena só tinha olhos para as suas minhocas e a santa paz do lar. E, a julgar pelo que Nestor falava a seu respeito, ela não era mulher de mandar recados. Rosário contra-argumentava: via de regra, os maridos eram sempre os que menos conheciam as mulheres. Pode ser. Para Samanta, porém, ficara a certeza de ser mesmo Kátia. Mas por que não aparecia? Por que não vinha falar com ela? Tinham tanto em comum e tanto para conversar.

A festa foi mesmo ótima, com várias pessoas ligadas à música e um astral bem leve. Samanta puxara assunto com a anfitriã, pedindo alguma sugestão para o repertório. Amelinha lhe indicou um forró na forma de chamego, que ouvira na tradicional Sala de Reboco do bairro de Cordeiro, no Recife, e lhe emprestou uma fita com a tal música. A canção chamava-se *Siá Filiça*, dos irmãos Bira e Fátima Marcolino. Era um baião que falava de saudade e dos tempos em que lenha na fogueira, milho para assar e vestidinho de chita ditavam a moda no pé de serra. Samanta agradeceu e prometeu escutar com carinho. Rosário ainda comentou que, na verdade, faltava mesmo um baiãozinho para deixar o disco completo.

OS ATALHOS DE SAMANTA

O fim de semana de Nestor em Angra dos Reis fora um desastre. E tudo começando com uma briga feia com Rovena, que deixara cair, dentro do carro, uma caixa com terra repleta de minhocas, que se espalharam pelo estofamento e adjacências. Quase batera por causa das malditas minhocas de Rovena:

— Nem numa viagem de descanso você esquece dessas minhocas infernais?

— Pensei em acompanhar a evolução natural deste novo tipo de minhoca, Nenê. Queria introduzir este espécime no hábitat da ilha.

— Por que você não introduz esse espécime bem no meio do seu...

Nestor não era do tipo de perder a cabeça com facilidade, quanto mais de falar palavrões perto das crianças. Mas sua paciência com a mania de minhocas da esposa havia chegado ao limite.

Como se tudo isso não bastasse, no primeiro dia em Angra ele comeu mexilhões ao vinagrete e ostras com limão e teve uma crise aguda de hemorróidas, que o acompanhou durante toda a estadia na ilha. Talvez fosse praga de Rovena.

Na estrada, voltando para o Rio, Nestor só pensava na hipótese real de uma separação amigável. Que ela ficasse com todos os bens do casal, incluindo, é claro, as malditas minhocas, e o deixasse em paz, num quarto-e-sala qualquer em Copacabana. Apaziguado com a vida e, preferencialmente, curado das hemorróidas. Não custava sonhar.

Entretanto, outro tipo de problema o aguardava. Havia inúmeros recados de Samanta na secretária do celular, querendo encontrá-lo com urgência. Precisava lhe falar de qualquer maneira. A voz da moça estava crispada, parecendo alterada. Nestor arranja um jeito de ligar para ela. Marcam um encontro na segunda-feira à noite, no motel de sempre.

LXV

CADA UM ENTENDA COMO QUISER. COMO O MONOLITO DE 2001 da odisséia de Stanley Kubrick, ou ainda a letra de Jobim em *Águas de março*. Enfim, para cada enigma uma interpretação.

No caso do romance furtivo entre Nestor e Samanta, o quase imponderável acabaria acontecendo. Ele parecia enfastiado sexualmente. Depois de tantas taras, ficara como que anestesiado, ao passo que ela, no início tão escabreada, agora vertia sensualidades e libido em altos teores.

A verdade era que Nestor não mostrava mais novidades nem investia em bizarrices sexuais, e isso a desapontava tremendamente. Não queria mais apanhar de chicote, ser amarrado na cama, levar agulhadas retais, ser mijado na cara, enfim, transformara-se em um amante normal. A não ser pela prática de introdução de supositórios de ecstasy com placebo, para absorção mais rápida e intensa, nada de mais revolucionário ou grotesco ele propunha. Voltara ao time dos praticantes de sexo previsível.

O pior eram as conseqüências daquele esmorecimento repentino. Samanta pôde perceber que o encanto estava findando. Nestor dava mostras de enfado. E deixava bem claro que o caso deles caminhava para um desenlace iminente. Algo como foi bom, mas o sonho acabou.

Já em casa, em Santa Teresa, Samanta reflete sobre a situação. A onda poderia estar virando. Ela, que sempre tentava corresponder às expectativas alheias a seu respeito e nunca dizia não a ninguém, sem se importar com o incômodo ou desconforto que esse comportamento pudesse trazer à sua pessoa, estava a ponto de se rebelar; ela, que sempre fizera de tudo para agradar a todos e considerava-se um tipo de escravo dos outros, queria virar a mesa; ela, que admitia a falta de personalidade como uma forma sutil, mas eficaz, de responsabilizar os outros pelo seu destino, agora estava mais que disposta a mudar as regras do jogo: danem-se, mas, se não gravassem seu disco, ela iria fazer um escândalo tal que não restariam pedras sobre pedras. Que não a provocassem, pois tinha muito pouco a perder.

Dia seguinte, a primeira coisa que faz é telefonar para Nestor e comunicar-lhe a decisão radical de não abrir mão do seu sonho. Tinha feito muitas concessões, tinha abaixado muito as calças, tinha percorrido os piores atalhos, para agora morrer na praia. Custe o que custasse, o disco sairia e ai de quem se interpusesse em seu caminho.

Nestor ouviu tudo calado e pensou consigo mesmo: tanta coisa mais séria acontecendo — a miséria das massas, a soberania nacional ameaçada, a finitude humana — e aquela garota dando a vida por um disco.

— Está bem, minha cara. A gente finaliza logo o seu disco, faz um show de lançamento e divulga no mercado. Tudo como combinado. Mas, depois, cada qual para o seu canto, certo?

— Você está dizendo que não quer mais me ver, Nestor?

— Podemos nos ver, Samanta, mas nada de intimidades. Foi legal, mas terminou. Daqui pra frente, só o trato profissional.

Samanta Montenegro vê-se obrigada a concordar. Embora continuasse imaginando aquele homem ridículo, tarado, desclassificado e escroto agora querendo sair limpinho da história. Lambuzar-se em seu regaço, chafurdando na lama e emporcalhando tudo, e, de repente, virar uma ovelha arrependida e retornar aos braços da esposa e das minhocas. Por que ela não filmara aquelas transas obscenas e malucas? Ah, se soubesse...

O importante e principal atalho era o disco. E esse sonho ela iria realizar.

LXVI

OS ENSAIOS RECOMEÇAM COM A URGÊNCIA PEDIDA POR Ziza Mezzano a mando de Nestor. Alarcom, contrariado, reafirma que a profissão de músico não era respeitada no país. Samanta aproveita para mostrar a fita do baião que Amelinha lhe havia indicado e a música cai no agrado de todos.

Alarcom ressalva que a canção precisava de um acompanhamento típico, com sanfona, zabumba e triângulo. Luís Marcello lembra do grupo Forróllingstones, que mesclava rock e forró, arriscando não tocar nem uma coisa nem outra. Mas era puro underground, que tão bem traduzia a marca de Samanta Montenegro. Modernidades e inovações arriscadas eram o lema da nova cantora. Samanta fica curiosa para conhecer o som deles e Luís Marcello adianta que podiam assistir a uma apresentação do grupo e convidá-lo para uma participação especial.

Alarcom introduz um solo de guitarra, no melhor estilo Jerry Garcia, do Grateful Dead, na canção *As estradas*, de Lula Cortes. E Cristiana Ortega acrescenta um acompanhamento básico de piano moog na levada *Tô tristão*, da turma do Casseta. O disco ia tomando forma.

Lalá Martelo lembra de um casal amigo, ela poeta e ele violonista, que tocava na noite e tinha uma música inédita que era belíssima. Convida Alarcom para ir ao bar em que eles se apresentavam a fim de conhecer a canção. Tudo caminhando célere para a consecução final do disco. Não tinham tempo a perder.

A última de dona Glenda — depois de sair do processo letárgico —, era arrumar namorados mais jovens. Digamos que "bem" mais jovens. Depois do mulato, professor de tango de Niterói, do espanhol fabricante de bolsas de couro e da paixão cega por um cego do Benjamin Constant, ela parece que assumira de vez sua obscura e pervertida faceta amoral, colecionando garotões, surfistas e quejandos nos baixos do Rio. Pelo menos atualizaria o linguajar e reciclaria alguns costumes. E não poderia se queixar de virilidades ausentes. Menos técnica e mais consistência.

O diabo era que, para manter a aparência física, dona Glenda via-se às voltas com novos e atribulados desafios para tentar retardar a inevitável máquina do envelhecimento natural.

Depois da lipo, da reposição hormonal, das aplicações de Botox e das máscaras faciais de kiwi com abacate, agora ela inventara um processo de esfoliação com óleos de uva e leite de tartaruga.

O mais perturbador, no entanto, eram as estranhas manias adquiridas diretamente do convívio com a juventude dos novos parceiros. Glenda dera para fazer tatuagens de hena pelo corpo todo, encurtara o tamanho das saias, abandonara o sutiã e adotara unhas de silicone, esmaltadas em cores diversas. Samanta, mesmo com todas as preocupações, não pôde deixar de notar que a mãe pintara os cabelos de um tom puxado para o azulado, meio roxo, quase lilás. Pensou em interná-la, mas não tinha tempo para isso. O disco lhe consumia todo o tempo e atenção. Entregava nas mãos do Senhor. Haveria Deus de lhe prover e ajudar sua mãe numa hora delicada como aquela.

O show do Forróllingstones fora um sucesso. Nos camarins, Luís Marcello apresenta Samanta Montenegro e fala do disco. Samanta era a mais animada e não parava de elogiar a performance do grupo. Raimundo Carlos — o Ray Charles — na sanfona, Mineirinho no triângulo e Abdias da Onça na zabumba mantinham a origem do forró pé de serra. A guitarra com o carioca Lui Siqueira, a bateria com o baiano Dirceuzinho e os teclados com a única mulher do grupo, a cearense de Quixadá, Irinéia dos Anjos, completavam o conjunto. Ray Charles era potiguar de Mossoró e Abdias da Onça, de Natal. Mineirinho nascera em Sabará, mas se mudara para Natal ainda criança. Os três tocavam juntos há muito tempo.

Aceitaram o convite para participar no disco de Samanta, no baião *Siá Filiça*. Marcaram no estúdio, dali a dois dias. Além da sintonia imediata com os músicos do conjunto, ficaram bem evidentes as trocas de olhares entre Samanta e o guitarrista Lui Siqueira.

Alarcom, com Lalá Martelo e Brígida, tinha ido ao bar onde o casal amigo de Lalá, Inês Helena e Pedro Matheus, iria se apresentar. Depois de ouvir várias canções, Alarcom concorda que uma delas, em forma de declamação, possuía forte apelo e o recitativo emocionado de Inês Helena transbordava sensibilidades. A canção chamava-se *Ritual* e poderia emprestar um certo requinte poético-literário e pretensa erudição ao trabalho de Samanta. Ele decide incluí-la no disco. Claro, se Inês e Matheus concordassem e Samanta aprovasse.

E Samanta aprovaria. Nesse momento ela era capaz de aprovar qualquer coisa, até escarro de desafeto. Iniciara uma relação amorosa e apaixonada com o guitarrista do Forróllingstones, e já fazia planos de incluir o músico na série de shows que faria após o lançamento do disco. Ele fora o idealizador da fusão de Mick Jagger com Luiz Gonzaga. Era talento puro. Além disso, beijava como poucos.

Depois da morte de Paulão e do fim de caso com Válter do Trombone, Samanta estava carente de uma relação mais calma e tradicional. Pesou bastante também o abandono de Nestor depois de utilizá-la em suas taras e perversões maníaco-sexuais. Maria do Rosário não contava, pois era sua amiga mais íntima, principalmente nas horas ruins. Gostava das carícias dela e de sentir-se uma marginal num grupo de exceção, no papel de homossexual moderna. Mas era pouco.

Quem sabe não seria com Lui Siqueira?

LXVII

Atalho. *any short cut; by-path; side trail; a cutting short [of time, distance etc.]; hindrance; obstruction.* (Dicionário português-inglês)

O CASAMENTO DE NESTOR E ROVENA PASSAVA POR MOmentos críticos. Para tentar amenizar a crise, o casal resolvera tirar umas férias, viajar e curtir uma lua-de-mel extemporânea.

A viagem de núpcias original dos dois tinha sido às ilhas gregas. E, especialmente de Creta, Rovena guardara as melhores recordações. Lembrava da imagem do Minotauro, do palácio do rei Minos, e seus labirintos, das histórias da época do colégio, de Monteiro Lobato, das primeiras leituras, dos 12 trabalhos de Hércules. Na noite de núpcias, quando Rovena perdera a virgindade, ela imaginara seu homem — no caso, mesmo sendo o Nestor — como um touro enorme, soltando fogo pelas ventas, a possuí-la frenéticas e repetidas vezes. Não se sabe se essas fantasias foram plenamente correspondidas, mas foram bons tempos, sem dúvida. Quem sabe os ares do Mediterrâneo e o fantasma do Minotauro não salvassem, ou ao menos oxigenassem um pouco, aquela união já quase falida?

O roteiro de viagem incluía a capital Herakleion, visitas às praias de Matala e Palaiokastro, ida aos bares da rua Daidalou, e passeio gastronômico pela cozinha local de influências turcas, bizantinas e venezianas. Rovena sonhava acordada com um prato de carne de porco defumada com cogumelos na manteiga e alho. As compras se resumiriam ao básico e trivial da região, como colares e braceletes exóticos. E, o mais importante, durante toda a viagem não se falaria de trabalho ou da rotina de cada um. Portanto, nada de assuntos relacionados ao mercado discográfico ou às minhocas.

— Nenê, vai ser ótimo a gente descansar e se desligar desse nosso cotidiano massacrante. Relaxar ao sol do Mediterrâneo, sem problemas e preocupações, só deleite...

— Só acho, amor, que nós poderíamos conhecer um lugar novo. As ilhas gregas são todas muito parecidas.

— Não começa, Nenê, não começa...

Antes de viajar, Nestor deixa Ziza Mezzano encarregada do disco de Samanta Montenegro. Quando retornasse da segunda lua-de-mel pela ilhas gregas, já queria ver o disco pronto, masterizado e mixado, com capa e encarte definidos.

Ziza comunica os músicos e Samanta da novidade. Ela agora estava à frente da empreitada e não pretendia deixar escapar a oportunidade. Aproveita também para contar que conseguira autorização de uma música do Tom Zé, *O riso e a faca*. Estava na moda gravar Tom Zé, e o trabalho ganharia mais respaldo artístico.

Com essa última do Tom Zé, Ziza e Samanta decidem dar por encerrado o repertório. A ordem era tratar de gravar e finalizar o disco enquanto o chefe se esbaldava com a estimada esposa Rovena em Creta.

Afinação, interpretação, divisão e outros fundamentos do canto não eram propriamente o lado forte de Samanta Montenegro. Os técnicos de mixagem e masterização teriam trabalho pela frente. E Ziza já os tinha alertado.

As fotos da capa foram encomendadas a uma prima de Ziza, que era barateira e eficiente. Os custos de produção também já haviam ultrapassado o razoável e uma certa dose de economia seria bem-vinda. A idéia inicial de Samanta era uma foto em que ela estivesse sentada num vaso, dando a idéia de uma possível micção. Pretendia associar a capa à sua performance visceral de urinar quando ficava emocionada, interpretando uma canção, sua marca registrada. Ziza a convence da maluquice e do profundo mau gosto daquela concepção e apresenta os seus planos: fotos em preto-e-branco, com efeitos computadorizados desfocando e realizando desenhos diáfanos sobre o cromo. Samanta termina concordando, afinal fora destituída do posto de dominatrix e carrasca sexual, perdendo totalmente a antiga força e influência que tinha com Nestor. Nesse sentido, era melhor qualquer foto do que nenhuma.

LXVIII

Atalho. *[s.m.]* *atajo; vereda, camino estrecho, senda.*
(Dicionário português-espanhol)

No MESMO DIA EM QUE SAMANTA RECEBE NOVA CARTA anônima — dessa vez com temática bíblico-religiosa ("[...] a todo momento, o Senhor nosso Deus nos envia a sua Palavra. E se ela não produz seus frutos é porque não somos um bom terreno, pois todo aquele que ouve a palavra do Reino e não a compreende, vem o Maligno e rouba o que foi semeado em seu coração") — um fato impressionante e novo iria marcar sua vida.

Caminhando pelo Centro, Samanta sente o corpo se arrepiar e é tomada por uma sensação forte e inexplicável. Pressente, naquele momento, que alguma coisa mais forte estava prestes a acontecer. Vindo em sua direção, uma figura feminina bastante familiar. Chegando mais perto, seu coração acelera com a quase certeza de que era a ex-amiga Kátia Luna. Tem vontade de fugir, dar meia-volta, abaixar a cabeça, fechar os olhos, mas toda ansiedade termina com o forte abraço das duas. Sem ainda saber o que fazer ou sentir, Samanta exulta de alegria e permanece abraçada à amiga. É Kátia quem rompe o incômodo silêncio:

— Há quanto tempo, Sam... Meu Deus, faz tanto tempo... — E olhando para ela: — Você está mesmo ótima.

Samanta não diz nada, apenas enxuga uma ponta de lágrima indiscreta.

Kátia fala que soube que ela continuava metida em música. Uma noite dessas quase foi vê-la no bar de Santa Teresa. A vida não deixava tempo para mais nada. Samanta comenta a canção de Paulinho da Viola, *Sinal fechado*: "Olá, como vai? Eu vou indo, e você?..." Samanta aproveita o assunto, fala do disco e conta que agora era Samanta Montenegro:

— Kátia, eu agora estou com entrada numa gravadora forte, conhecendo meio mundo. Por que você não vem cantar comigo, como nos velhos tempos?

— Não vai dar, Sam.

Kátia Luna explica que nunca mais pegara no violão ou cantara qualquer coisa. Conhecera um funcionário da embaixada síria, casara, tivera dois filhos, e agora era mais uma prendada do lar. Seu nome agora era Kátia Said. E explicou à amiga o novo empreedimento: bufê especializado em comidas árabes.

A seguir, Kátia pega a bolsa e lhe dá um folheto com o cardápio: quibes com catupiry, pastas de hummus bitahine e baba ghanoush, tabule, doces fataia e flor da Síria, especialidade da família do marido.

OS ATALHOS DE SAMANTA

— Pode perguntar por aí, amiga: toda festa da comunidade árabe eu sou chamada para o serviço de comida. Já nem dou conta de tantas encomendas.

Ganhava bem e se divertia, era o que Kátia Said garantia. Seu dom para culinárias exóticas brotara do nada, do casual, da necessidade de fazer alguma coisa além de cuidar de criança e esperar pelo marido.

— Sabe como são esses homens, né, menina?

Samanta não sabia. Nunca havia conhecido ou convivido com nenhum árabe. Só os imaginava em novelas e filmes, e para ela já era o suficiente. Prezava a sua liberdade e emancipação sexual.

Kátia tenta explicar que isso tudo era puro preconceito. Sentia-se a mais feliz e realizada das mulheres ao lado do marido e comungando na religião muçulmana e nos costumes familiares. Era simples e não doía. O resto era propaganda enganosa e patrulhamento religioso. Tudo culpa dos americanos, do seu capitalismo cruel e prepotente e da ignorância servil do resto do mundo.

Mas o que mais doía em Samanta era notar a amiga numa espécie de vida prenhe de mesmices. Obcecada e xiita, afundada num bufê, preparando pastas e saladas e virada de bunda para Meca. Não conseguia admitir tanto desperdício, uma vez que Kátia não tinha nada a ver com isso. Quem sabe estaria sendo forçada? Alguma chantagem ou ameaça de um grupo de terroristas? Já vira isso num filme...

Embora cheia de suspeitas e curiosa, Samanta não tem coragem de perguntar mais nada. Trocam telefones e endereços, marcam de Samanta ir conhecer o marido sírio e os filhos — e, é claro, provar dos famosos tabules e quibes da amiga. Kátia promete que não iria faltar ao lançamento do disco da ex-colega. Desejam-se mútuas sortes e seguem em frente, cada uma imaginando o pior da outra.

Ex-Kátia Luna, agora Said, por Samanta: "(... aquela menina livre e espontânea que eu conheci, de um talento musical e uma libido incomparáveis, agora metida em fogões e panelas, devota de Alá, com sobrenome Said e possivelmente envolvida com terroristas...)"

Ex-Samanta Gregório, agora Samanta Montenegro, por Kátia: "(... não mudou nada, apenas o nome, Samanta Montenegro, ainda sonhando acordada, querendo virar cantora famosa, sem um pingo de voz e jeito. Vai terminar como tantas outras e, mesmo assim, se tiver sorte: implorando para se apresentar nos bares, agüentando bêbados, cantadas, e acabando com o resto de saúde e juventude...)"

Duas personalidades semelhantes, dois destinos diferentes e um mesmo atalho. Que Deus ou Alá estivessem com elas por esses caminhos.

Apenas de uma coisa Samanta agora tinha certeza: Kátia Luna ou, melhor, Kátia Said, havia lhe perdoado, não voltaria nem ao palco nem à música e, certamente, não seria a autora das tais cartas anônimas.

LXIX

O AMOR DE LUI SIQUEIRA — O GUITARRISTA DO Forróllingstones — e Samanta progredia a olhos vistos e corações sentidos. Para surpresa de Samanta, Lui era um rapaz conservador, petista, pragmático e calmo. Calmo até demais. Seu sexo era plácido, suave e as preliminares compreendiam apenas longos beijos na boca e carícias modestas. No máximo, sopros na orelha e lambidas no pescoço. A duração das relações beirava os cinco, seis minutos, sistemática e impreterivelmente. Não perguntava do que ela gostava, em qual lugar ela se excitava mais. Nada. Apenas uma penetração delicada e um amor amigo. Mas havia um detalhe fundamental: seu cheiro. O que mais Samanta gostava nele era o aroma durante o sexo. Não sabia explicar, mas seu odor, principalmente quando mais suava, era adocicado e a deixava nas nuvens. Nunca havia experimentado uma sensação sequer parecida. Uma relação tão sem graça e ao mesmo tempo tão sedutora, satisfatória e plena. Uma trepada paradoxal.

E assim os dois iam seguindo, sem muitas promessas, sem grandes vínculos, sem nenhuma ameaça ou medo. Apenas bons colegas, fazendo sexo ocasional e se entendendo musicalmente. Tanto que Alarcom Ferreira já havia percebido a preferência da cantora pelos solos daquele guitarrista de forró.

Alarcom fingia nada sentir, mas no fundo estava melindrado e um pouco decepcionado. Mas tinha de ser honesto, pois suas reais intenções eram, depois de acabarem as gravações, pegar o dinheiro e dar o fora depressa. Não ia querer estar por perto após o disco estar gravado. Pensando bem, seria melhor mesmo aparecer um guitarrista novo, cheio de gás, para acompanhar Samanta na divulgação ou nas possíveis apresentações ao vivo. Alarcom estava pensando seriamente em se aposentar. Mudar para o interior, criar ovelhas ou fabricar mel de abelha, longe de tudo e no bucolismo da vida no mato.

Lui Siqueira gostava de Jackson do Pandeiro, mas fazia tudo para ficar parecido com Keith Richards. Contudo, era talentoso e tinha a juventude como aliada e fazendo-o acreditar em tudo, na paz mundial, no futuro da humanidade e, por que não, no disco e no sucesso de Samanta Montenegro. Além disso, fazia um bem enorme a Samanta, que, com ele, demonstrava mais autoconfiança e equilíbrio. Até cantando melhor ela estava.

Os ensaios prosseguiam velozes e a produtora executiva Ziza Mezzano, recebendo telefonema de Nestor, direto da lua-de-mel em Creta, pôde adiantar que o disco já estava quase pronto. Conforme haviam combinado.

E já não era sem tempo, posto que os músicos envolvidos

sentiam-se cansados, menos o guitarrista Lui Siqueira, que acabara de chegar. As percussionistas Lalá e Brígida não escondiam a impaciência. O arranjador Alarcom Ferreira mostrava evidentes sinais de desânimo, e tanto o baixista Luís Marcello como o trombonista Válter faziam de tudo para disfarçar a fadiga total. O baterista Rossininho e a tecladista Cristiana Ortega ainda mantinham a chama da necessária credulidade profissional.

Felizmente o disco de Samanta Montenegro chegava ao fim. Era certo que o trabalho ficara um tanto arrematado, sem o devido apuro e quase em estado bruto. Mesmo apressado, ao menos, soava homogêneo. Era ruim por igual, sem alternâncias ou variações abruptas. As letras das composições autorais eram monotemáticas, os arranjos repetitivos e os experimentalismos reduzidos ao máximo. Poucos riscos a serem assumidos e muita cópia do que havia caído nas graças do público e parte da crítica. Ninguém pretendia se expor mais do que o absolutamente necessário.

Mas o que importava era que os fins tinham sido atingidos, justificando-se assim todos os meios utilizados.

Maquiavel, no capítulo 28 de *O príncipe*, já esclarecia que "il fine giustifica i mezzi!".

Va bene...

O repertório do disco ficou assim:

1. *Eternamente jovem* — melô da Glenda (Maria do Rosário);
2. *Lesbiana chique* (Maria do Rosário e Samanta Montenegro);
3. *Meu nome é Divina* (Alarcom Ferreira);

4. *Ávida é assim* (Alarcom Ferreira e Nestor de Sá Nogueira);
5. *Capitu* (Luiz Tatit);
6. *Tardes* (Patrícia Mello);
7. *Românticos* (Vander Lee);
8. *Uma nova maneira de amar* (Clark, Smith e Ziza Mezzano);
9. *Ao vencedor, as batatas* (Benny Andersson e Bjorn Ulvaeus — versão: Fernandão da Pousada);
10. *Pergunte o que quiser* (Antonio Galdino);
11. *As estradas* (Lula Cortes);
12. *Tô tristão* — do original "Estou Alceu de Amoroso Lima" — (Mu Chebabi, Beto Silva, Claude Mañel, Bussunda e Mané Jacó);
13. *Siá Filiça* (Bira e Fátima Marcolino) — com participação especial do grupo Forróllingstones;
14. *Ritual* (Pedro Matheus e Inês Helena);
15. *O riso e a faca* (Tom Zé).

LXX

Atalhos da vida. [na quarta faixa do cedê Jesus não é um mito — quinteto gospel Branca Lã].

DEPOIS DE GRAVAR O DIA TODO, TERMINAR DE COLOCAR voz no disco, Samanta chega em casa e toma o maior susto de sua vida: sentada no sofá da sala, ladeada por Rosário e dona Glenda, uma figura bem conhecida. Um pouco mais magro, acabado, trajando um terno fuleiro e desbotado, gravata sem combinar e afrouxada no pescoço e uma Bíblia no colo, Paulão. Não podia ser, mas era o Paulão, aquele que sumira e fora executado e incinerado pelos traficantes do Morro dos Macacos.

Com as pernas trêmulas e a pressão indo embora, Samanta perde a voz e não sabe o que pensar. Rosário a acode e rapidamente explica tratar-se mesmo de Paulo Roberto Azambuja Lemos, em carne e osso. Não era nenhum fantasma, sósia ou clone. Ele próprio se levanta e dá um forte abraço em Samanta.

Cheirava a mofo e a suor. Samanta retribui o abraço, como se estivesse lado a lado com um cadáver revivido.

O show de horrores continua, com Paulão explicando que sumira em virtude das diversas ameaças dos traficantes. Tinha se escondido numa cidadezinha do interior, onde atualmente morava. Era melhor que ninguém ali soubesse de seu paradeiro para segurança geral. Nunca se sabe quando marginais esquecem os desafetos. Dizem que têm memória de elefante. As três concordam imediatamente.

Paulão conta que sua vida mudara da água para o vinho, mesmo tendo parado de beber. Conhecera uma menina e se casara meses depois. Paixão e necessidade à primeira vista. O pai dela era pastor da igreja local e homem influente. Inclusive, candidatara-se a deputado. Ela estava grávida e daria à luz em algumas semanas. Morava num sitiozinho modesto, tinha uma pequena horta e vivia uma vida simples e temente a Deus. Por falar nisso, era agora pastor evangélico da Igreja Sinais e Prodígios do Santo Sepulcro e da Graça Divina. E seu novo nome religioso era pastor Azambuja.

Samanta não consegue prender a gargalhada: pastor Azambuja era muito forte.

— Mas logo Azambuja? Você não odiava esse nome?

Paulão, ou melhor, pastor Azambuja, não responde e demonstra todo o seu mal-estar com aquela lembrança. Dona Glenda muda de assunto e oferece um cafezinho que iria preparar na hora.

Rosário pergunta sobre os planos de Paulão. O que ele

pretendia da vida. Afinal, legalmente e para todas as pessoas, ele era considerado morto.

— É melhor que continue assim. Os caras lá do morro devem permanecer pensando que eu sumi. Meu sogro já providenciou novos documentos. Só vim aqui para poder matar as saudades, e com a missão de confessar alguns pecados e obter a absolvição. Só posso retornar à minha cidade limpo e em paz com a minha consciência. Minha vida agora terá um novo rumo.

Tanto Maria do Rosário quanto Samanta não sabem o que dizer. Dona Glenda, lá da cozinha, onde preparava o café, também não.

Ele quebra o silêncio perguntando o que elas estavam fazendo de bom. Samanta explica que vive em função da gravação de seu disco. E Rosário brinca, dizendo que vive em função de Samanta.

Dona Glenda chega com o café e uns biscoitos. Paulão pede atenção e avisa que precisa fazer uma confissão. A seguir, de cabeça baixa, admite ser ele o autor das cartas anônimas.

— No início eu estava completamente perdido. Com muita raiva e medo de tudo. Só pensava em maldades e vingança. Achava que o mundo se voltara contra mim e que não tinha mais nada a perder. Isso antes de conhecer a minha Igreja e o Evangelho. Depois fui me acalmando. Mas não foi nada fácil no começo.

Samanta vai até o quarto e apanha as cartas anônimas. Relê, em voz alta, e pergunta o porquê de tudo aquilo. A justificativa de Paulão era a de que não podia se expor, assinando ou declarando domicílio. Seria muito perigoso. Queria participar da vida dos amigos, mas não podia assumir. Preferia que todos continuassem pensando que ele havia morrido.

Fazia um certo sentido. Mas Rosário ainda não estava convencida.

— Tudo bem que você não podia se apresentar como um ressuscitado, mas que sentido têm as mensagens? Uma delas até cita Nélson Rodrigues. O que tem a ver?

Paulão explica que fora aconselhado pelo sogro pastor a ler livros com mensagens mundanas e vulgares para poder dar valor à Bíblia sagrada:

— Optei por Nélson Rodrigues, de quem era fã, e confesso que quase desisti de ler a Bíblia depois. Nélson era mais animado. Mas com o tempo eu fui me acostumando. Essa carta anônima pertence a essa fase rodriguiana do meu aprendizado.

— E as mensagens baseadas em filosofia e ensinamentos chineses?

— Pois é. Acabei querendo me aprofundar em teologia e conhecer melhor outras religiões. A chinesa foi a que mais em impressionou. Mas hoje não me diz mais nada. O que me vale é a palavra bíblica.

Dona Glenda comenta que achava a Bíblia superior aos compêndios religiosos chineses e bem melhor que Nélson Rodrigues, aquele satânico suburbano.

Rosário não diz nada e Samanta não sabe se perdoa ou se tem pena. No fundo, lamenta saber da autoria daquelas cartas. Era mais prazeroso o mistério, sem dúvida.

Paulão, ou pastor Azambuja, despede-se. Agradece o perdão e a compreensão, pede que não comentem com ninguém que está vivo e promete escrever, sob pseudônimo, contando as novidades e sobre o nascimento de seu filho.

Com terninho surrado, cabelo curto e oleoso, cara de santo, sorriso meio idiota, plenamente evangélico e com a Bíblia debaixo do braço, tal qual um desodorante divino, ele se apressa para sair.

Na despedida, em frente à porta, abençoa a todas, mesmo sem ninguém ter-lhe pedido, e declara:

— Tenham sempre fé. Eis uma coisa de que os homens precisam. Infelizes os que em nada crêem! Fé, muita fé, irmãs!

— Aleluia! — responde dona Glenda, já aparentemente tomada de emoção mística.

Para Samanta, um abraço mais apertado e um conselho ao pé do ouvido:

— Nunca se esqueça de que é melhor acender uma pequenina vela do que maldizer a escuridão.

Samanta gostou daquilo: pequenas velas e maledicências à escuridão. Ainda utilizaria essas palavras numa futura entrevista.

Em Santa Teresa, depois da saída de Paulão, o comentário da noite entre elas foi um só: o estado mental do rapaz. Estaria dando o golpe do baú em algum pastor ricaço? Conseguira enganar o tráfico? Ou ficara afetado após o uso continuado de álcool e drogas? O certo e definitivo era que estavam encerrados o enigma e o anonimato daquelas cartas. E elas iriam sentir falta.

LXXI

Atalho de ou A talho de foice. *[cit.] — significa o mesmo que de maneira oportuna, de forma azada, a feito ou a propósito. Seu uso é registrado por escritores portugueses e brasileiros.* (Dicionário brasileiro de provérbios, locuções e ditos curiosos)

A PRODUTORA ZIZA MEZZANO ESTÁ QUE É SÓ FELICIDADE. Nestor quase chegando de sua extemporânea lua-de-mel com Rovena em Creta, e o disco-problema de Samanta, finalmente, pronto. Na verdade, faltavam detalhes pequenos de masterização e edição final. Ela própria não parecia acreditar. Aquele disco inventado pelo chefe fora um parto de búfala. Mas chegara ao fim como todo mal que um dia se acaba. Agora Ziza tratava dos preparativos para o lançamento. Estava difícil arranjar espaço para um show com a estreante Samanta Montenegro. Ninguém a conhecia e o período era de total contenção e de escassez de investimentos. Só as grandes estrelas sobrepunham-se, mesmo assim com concessões. Pagar para tocar estava completamente fora de cogitação. Nestor dera ordens expressas de não gastar nem mais um tostão. Era distribuir o disco e pronto. Ou seja, o Alex que ejaculasse sozinho, ou em bom latim: *alea jacta est.*

Em seu âmago, Ziza sente por Samanta. Sabia que aquela mudança de comportamento do Nestor tinha origem em algum desencanto ou cansaço sexual do chefe. Era sempre a mesma história. A maioria das candidatas a cantora ficava nos ensaios e nas promessas vãs: "O mundo da MPB precisa te conhecer. Pode deixar que vou comprar a tua briga e levar para a diretoria aprovar..." A diretoria nunca aprovava e o mundo da MPB ficava sem conhecer mais uma postulante ao estrelato fácil.

Samanta até alcançara (talvez a palavra mais certa fosse lograra) algum êxito, conseguindo gravar seu disco.

Mas não dava para deixar de sentir pena. Ziza conhecia de perto o sonho da menina de Santa Teresa. A falta de talento e voz tinha contribuído para uma certa aura de comiseração geral. Não havia quem não estivesse torcendo por ela, não simpatizasse com ela. Talvez aí residisse a sua força. Era a mais comum das cantoras, embora na testa estivesse evidente a sua estrela, uma espécie de fada madrinha simbolizada a espreitar e iluminar-lhe os passos. Só não observava esse encanto quem fosse extremamente cético ou chato. A menina tinha futuro. Podia até não ser na música, mas esperanças havia.

Nesse momento específico de vida, Samanta, que de nada suspeitava e permanecia acreditando piamente no seu sucesso, recebe uma chamada telefônica. Era o dr. Maximiliano Júnior, o famoso Mad Max, advogado amigo de Alarcom que assistira Nestor no caso do samba roubado *A vida é assim* ou *Ávida é assim*.

O dr. Mad Max era um especialista em direitos autorais e confusões.

— É a cantora Samanta Montenegro?

— Sim.

— Aqui é o Mad Max, lembra de mim?

Claro que Samanta lembrava. Como esquecê-lo? Do outro lado da linha, o advogado parecia excitado e tropeçava nas palavras, como se sua fala não pudesse acompanhar os pensamentos.

— Samanta, eu tenho uma sacação sensacional para o teu disco. Tá a fim de saber?

Claro que Samanta estava. No tocante ao disco ela estava a fim de tudo. E o dr. Maximiliano "Mad Max" Júnior relata o plano. A idéia, bastante simples, era pegar alguma frase conhecida de algum compositor bem famoso, colocar uma música e gravar no disco como parceria.

— Quer um exemplo? "A única saída para o músico brasileiro é o aeroporto", do Tom Jobim. É só colocar um piano em cima e lançar a parceria, sacou?

A princípio, Samanta hesita e pensa que o avogado está bêbado. Com a insistência dele, ela avisa que não queria saber de trambiques, ainda mais com mortos. Dava azar.

Maximiliano então contra-ataca e diz que não precisava ser exclusivamente com falecidos. Tinha muito artista famoso vivo. Podia ser o Caetano, o João Gilberto, o Chico...

— Quer outro exemplo? O Chico disse: "Nem toda loucura é genial, como nem toda lucidez é velha." Um barato, essa. Sacou? É só adicionar uma melodia e colocar no disco como parceria. Dá o maior pé.

— Não sei não...

Samanta só imaginava o significado e a repercussão de uma parceria com Chico Buarque. Sentia-se uma igual a Edu Lobo, Francis, Rui Guerra, Vinicius. Era o auge. E por que não?

— Mas, dr. Maximiliano, e se o Chico não gostar e processar a gente?

— Aí é o paraíso, tá ligada? A gente ia vender os tubos. Uma propaganda de graça e que não tem preço. Ia dar no *Jornal Nacional*, *Hebe*, *Ratinho*, *Fantástico*, o escambau...

Samanta pensou naqueles programas todos, inclusive no escambau. Tinha de concordar que podia até dar certo. Devia valer a pena tentar.

Ziza Mezzano, quando soube da estratégia maluca do advogado, achou graça. Mas depois ficou com a pulga atrás da orelha e de outras partes do corpo. E se desse mesmo certo?

Nestor tinha acabado de chegar e foi comunicado dos planos de Maximiliano Júnior sobre a parceria fraudulenta com Chico Buarque. Quis voltar para as ilhas gregas. Mesmo com Rovena. Não podiam estar falando sério. E a aquiescência do compositor? Não seria preciso a assinatura do Chico na edição?

— Nós damos um jeito, Nestor. Já pensei em tudo. Deixa comigo.

E deixaram com ele. A música foi registrada e incluída no cedê de Samanta Montenegro. A melodia era de Alarcom, que preferiu não assinar a composição. Maximiliano não era o pai da criança? Ele que assumisse. Não houve hesitação: Mad Max assinaria a parceria nebulosa com Chico. A letra repetia sempre o refrão "nem toda loucura é genial, como nem toda lucidez é velha" e variava na segunda parte para "nem toda lucidez é velha, como nem toda loucura é genial", e assim por diante. Intitulada *Loucura genial*, seria a música de trabalho nas rádios, além, é claro, de dar nome ao disco: "Samanta Montenegro em *Loucura genial* — uma parceria com Chico Buarque de Holanda."

A sugestão do vice-presidente artístico Nestor Maurício, de colocar o nome do Chico na capa do disco em letras garrafais e num destaque maior do que o nome da estreante Samanta Montenegro não obteve apoio e foi voto vencido. Era cretinice demais. Dr. Maximiniano Júnior ponderou que era preciso ser calhorda, mas não perder a classe. Algo como a decantada ternura de Che Guevara. Mad Max tinha estilo.

Começavam os arranjos finais para a capa e o encarte. O disco conseguia a proeza de já ser comentado no meio. Falavam de uma cantora especialíssima, apadrinhada por Chico Buarque de Holanda, que, aliás, corria à boca miúda, estava apaixonado pela moça. A notícia se espalhou rapidamente pelos bastidores. Não se comentava outra coisa.

Nestor deixava transparecer toda a sua euforia. O disco já possuía um marketing preparado. Esse dr. Mad Max era mesmo um gênio. A jovem cantora Samanta Montenegro iniciava uma série de entrevistas. O clima era de entusiasmo irresponsável e delírio inconseqüente. Mas que era festivo, era...

LXXII

Com o fim das gravações, o violonista e arranjador Alarcom Ferreira decide parar. Sua missão estava cumprida. O disco, do qual era encarregado dos arranjos e direção musical, ficara praticamente pronto, só faltando a gravação da tal *Loucura genial*, música golpista sobre frase de Chico Buarque, idéia surrealista e mirabolante do advogado doidivanas Maximiliano Júnior, o Mad Max.

Prudentemente, achou melhor pular do barco. Uma espécie de aposentadoria técnica. O momento era perfeito: além de fugir dos possíves escândalos que certamente adviriam, deixaria o novo guitarrista Lui Siqueira apto a dar prosseguimento natural ao projeto. O menino, além de entusiasmado, tinha uma pegada boa na guitarra. Sem contar que andava também pegando a cantora. Mas isso era maledicência e de menos.

Na realidade, Alarcom Ferreira estava cansado. Um

cansaço definitivo. Não só das falcatruas, mas muito mais da mediocridade geral reinante.

— A gente vai ficando com mais idade e percebendo as coisas com uma clareza que dói. Vai dando o valor que é para ser dado, e termina com o pavio mais curto do que deveria. Acho que é minha hora de sair de cena, antes que a cena saia comigo.

Mesmo com toda a insistência — além da própria Samanta, mas principalmente de Válter do Trombone e de Luís Marcello, companheiros de tantas batalhas — ele estava decidido.

Alarcom receberia algum dinheiro por conta do trabalho, tiraria férias prolongadas ou assumiria o prenúncio da aposentadoria. Sua saúde não estava cem por cento e ele pressentia que deveria aproveitar melhor o tempo restante. Um tanto fúnebre, mas de uma contundente concretude. Decide então realizar o antigo sonho, que era conhecer os Estados Unidos e a terra de Elvis Presley. Fã assumido do cantor (ou, como ele mesmo costumava declarar, um discreto e fiel admirador da obra presleyana), tinha em mente ir à pequena Memphis, no Tennessee, para as festividades da tradicional Elvis Week, quando fãs do mundo inteiro lotavam Graceland, o templo sagrado da elvismania, a casa onde Elvis viveu.

E quem poderia criticá-lo? Gostos e idiossincrasias não merecem discussões mais sérias. Cada um tinha o seu ídolo, e os de Alarcom Ferreira eram Elvis e Elizeth Cardoso.

Na volta, aproveitaria para dar uma passada em Belém, bem na época do Círio de Nazaré, para reencontrar os velhos amigos e os parentes. Talvez até ficasse por lá. Quem sabe?

Samanta recebe notícias de Kiko Martini, direto de Porto Seguro. Ele e Fernandão estavam prestes a se tornar pais de gêmeos, gerados por uma amiga comum, que eles prefeririam guardar o nome em sigilo. Ela concordara em colaborar, fazendo fertilização in vitro. Segundo o combinado, ela receberia uma compensação financeira e sumiria da Bahia. Direto para outra freguesia. Havia inclusive um contrato com cláusulas específicas e reconhecimento de firmas. Fernandão fornecera os espermatozóides ou, melhor, o material espermal.

"Criar filhos é a coisa mais importante que se pode fazer nesta vida", garantia Kiko, que, agora, via razão em viver. Fernandão seria o pai da criança, porque era também o pai biológico, e ele, Kiko, a mãe postiça. Pelo menos, o papel de mãe social e psicológica ele cumpriria. E ai de quem duvidasse.

Fernandão preferia que Kiko fosse apenas Kiko. Ficava imaginando o dia em que, na escola, perguntassem aos gêmeos o nome da mãe: Frederico Martini. Era forçar demais a barra. Mas Kiko mostrava-se irredutível no clamor da nova função psicobiológica. Seu maior sonho, que era de ser mãe, estava enfim prestes a se realizar.

Kiko era da fase antiga, em que só era considerado homossexual aquele que ficava de bruços. Agora era tudo diferente. Poderia assumir não só toda a sua homossexualidade física como a mental. Daí a idealizar uma maternidade extravagante foi apenas uma questão de associação. Imediata.

Fernandão era franco, não queria briga e tinha a certeza de que Kiko iria mudar de idéia. Onde já se viu, mamãe Frederico? Com o tempo as coisas se acertariam.

Samanta ficou radiante com a novidade, ainda mais que Kiko a convidara para ser uma das madrinhas. Desejava tudo de bom ao amigo, e certamente iria à Bahia visitá-lo qualquer hora dessas. Assim que os afazeres do disco lhe dessem um intervalo.

LXXIII

O EX-GUITARRISTA DO FORRÓLLINGSTONES, LUI SIQUEIRA, ultima a gravação da parceria fabricada de Mad Max e Chico Buarque. Luís Marcello, Válter do Trombone e as percussionistas Lalá e Brígida são os mais assustados. No íntimo, sabiam dos riscos que corriam com aquela farsa rocambolesca. Todo mundo acabaria sabendo e o vexame se configuraria inevitável.

A tecladista Cristiana Ortega acha tudo ótimo e o baterista Rossininho não está nem aí. O arranjador oficial, Alarcom Ferreira, já comprara a passagem aérea, rumo à Graceland de Elvis.

Ziza Mezzano não tinha nada a perder e Nestor, com otimismo irresponsável, contabilizava os possíveis lucros. Já Samanta Montenegro caprichava na voz e continuava brigando com o afinador Pro Tools. Tudo transcorrendo normalmente, já sem a candidíase e sem sobressaltos maiores. A não ser pela insistência de Samanta em alterar a foto da capa. Ela insistia numa fotografia com ela sentada num vaso sanitário, daqueles de banheiro público, remetendo à idéia original das famosas urinadas no palco. Estava disposta a criar caso. Aquela era a sua marca registrada e todos na noite a conheciam pelas performances inesquecíveis de despreendimento e nonsense, quando "deixava" mijar enquanto cantava emocionada. Nestor sabia muito bem disso. Ah, como sabia...

Ziza havia percebido a idéia fixa da menina e alertou Nestor para o pior. Este, que já tinha problemas em demasia — sem contar o agravamento da crise conjugal com Rovena, em função do fiasco retumbante que fora a tentativa de segunda lua-de-mel em Creta —, resolve concordar com a excentricidade da cantora:

— Se ela quer sair na capa do disco sentada numa latrina suja e mijando, o problema não é meu.

— Mas dr. Nestor Maurício...

— Não se fala mais nisso. Providencie de uma vez a foto que essa pervertida quer.

Samanta está com tudo. Quem sabe faz a hora e espera a oportunidade para acontecer. Ela vence a queda-de-braço e consegue a capa do jeito que idealizara. Nada mais, portanto, poderia ser mudado ou corrigido depois da foto da capa. Era a palavra final do chefe. O disco *Loucura genial* de Samanta Montenegro estava com data marcada para sair. Nem mais um dia além.

A capa até que não ficou de todo má. Os artistas gráficos Bruno Porto e Marcelo Martinez criaram uma perspectiva plúmbea e conseguiram uma maneira de a foto de Samanta na privada parecer cult. Em cima, estampado, "Loucura genial" e o nome Samanta Montenegro em rosa-púrpura. No centro, a artista concentrada sobre o vaso em detalhamento acinzentado ton-sur-ton. E embaixo, a mensagem sub-reptícia — "incluindo a música-título com Chico Buarque de Holanda" — em vermelho forte e com três pontos de exclamação.

Nestor Maurício aprova tudo, e a distribuição e os contatos com os jornalistas começam a ser marcados. A pauta é jogar a novata Samanta Montenegro na mídia e utilizar ao máximo o nome do Chico Buarque.

Não demora e os advogados da editora do compositor já estão cientes do disco e da curiosa faixa-título. Com dificuldade, Chico é finalmente encontrado e desmente a parceria com veemência. Não conhecia nenhuma Samanta Montenegro e muito menos seu parceiro Maximiliano Júnior. Só poderia ser alguma brincadeira.

Mas não era. O assunto vira tema obrigatório das revistas especializadas em fofocas e bobagens. O disse-me-disse do momento é a parceria de Chico com Mad Max. E quem era essa tal Samanta Montenegro?

Entrevistas são agendadas, alguns repórteres mais afoitos conseguem o número do telefone de Samanta e até o endereço, em Santa Teresa. Dona Glenda se assusta com tanto assédio e Rosário tenta ordenar o caos, impondo uma certa disciplina.

Os jornalistas tentam obter algum fato novo e o melhor ângulo para as fotografias. Rosário começa a perder a paciência e a compostura. Um início de briga, empurra-empurra e Rosário ameaça quebrar uma máquina fotográfica de um estagiário mais abusado. No auge da balbúrdia,

Samanta se esconde e se tranca no quarto. Dona Glenda, sem compreender muita coisa, não consegue nem preparar um cafezinho. É muita gente e confusão. Ninguém mais se entende. Ziza Mezzano é chamada às pressas para resolver o problema. Samanta Montenegro recebe instruções claras de não atender nenhum repórter e não declarar nada à imprensa.

Os advogados representantes de Chico Buarque alertaram que processarão todos os envolvidos e ainda retirarão o disco do mercado. O mais curioso era que o disco não havia nem saído.

Com toda essa agitação desinformada e o pipocar de pautas confusas, Ziza Mezzano convoca a imprensa para uma coletiva no prédio da gravadora. Samanta está preocupada e parece amedrontada. Maximiliano Júnior garante que nada vai lhe acontecer e que ele iria estar a seu lado o tempo todo. Apostava seu diploma de que tudo daria certo.

E ele estava mesmo confiante para apostar o diploma. Afinal, pagara um preço altíssimo pelo certificado falso de conclusão do curso de direito. Na ocasião, a quantia correspondente a um carro. Além do mais, fosse o que fosse, Mad Max detestava perder.

Alguns fotógrafos e repórteres de revistas, jornais, rádio e televisão amontoam-se no corredor de entrada da gravadora. Samanta dá os derradeiros retoques na maquiagem e o dr. Maximiliano Júnior, pelo celular, tenta acalmar Nestor Maurício:

— Doutor Maximiliano, aconteça o que acontecer, não cite meu nome de jeito algum.

— Pode deixar, doutor Nestor.

— Não fale meu nome, seu maluco. Ninguém pode saber do meu envolvimento; caso contrário, estaremos todos encrencados.
— Pode ficar tranqüilo, chefia.
— Ai, meu Deus!
— Relax, doutor Nestor, relax...
— Se arrependimento matasse...
— Doutor, vou ter de desligar agora porque os jornalistas estão entrando...

LXXIV

Atalhos para o sucesso. *Gênero de auto-ajuda que mostra como racionalizar seu tempo, produzindo com mais qualidade e trabalhando menos; traz dicas de como melhorar seus relacionamentos e ser bem-sucedido financeiramente...* (Livro de Jonathan Robinson)

OS REPÓRTERES ENTRAM OU, MELHOR, ADENTRAM E LOGO são conduzidos estrategicamente por Ziza Mezzano a seus lugares.

O dr. Mad Max pontifica. Gravatinha-borboleta, terno da moda, aparentando sobriedade e segurança, ele é só compenetração e empáfia. Calado, Maximiliano Júnior impressionava realmente.

De repente, entra ou, melhor, surge a estrela Samanta Montenegro, sorridente e altiva. Era a sua primeira coletiva, mas parecia uma veterana.

Os jornalistas iniciam as perguntas e seguem anotando as respostas nos pequenos blocos. Outros, munidos de minigravadores, insinuam sobre o golpe na questão da parceria com Chico Buarque: afinal, Chico fez a letra ou não? Os fotógrafos procuram os melhores ângulos, e Samanta vai surpreendendo a todos com uma firmeza e espirituosidade inesperadas. Ela é ligeira no gatilho e objetiva nas respostas, sem perder o humor e o ar blasé:

"[...] O sucesso para mim é uma coisa, assim, natural. Como se eu estivesse esperando a hora certa de acontecer. Para mim é supertranqüilo e minha vida, com certeza, não vai mudar nada. A não ser a conta bancária, espero..."

"[...] Ótima pergunta. O que sei, e o que mais gosto de fazer, é cantar. Só me encontro na vida quando estou cantando, então é muito bom trabalhar no que se gosta, no que se tem prazer. Se der grana, tudo bem. Se não, também. A grande ruína dos homens sempre foi separar o trabalho do prazer, por causa do dinheiro. Por isso a humanidade está assim, tão frustrada..."

"[...] O significado de eu estar sentada na privada na capa do disco é simples: minhas apresentações ao vivo sempre são dramatizadas com o ato de urinar, compreende? Quando me emociono não consigo controlar. Não tem gente que não contém as lágrimas? Eu não contenho o xixi..." (risos).

"[...] Foi bom você ter tocado nesse ponto. Não dou a mínima se o sexo for com homem ou com mulher, ou com os dois juntos. Para mim, o que vale é o tesão e a liberdade de escolha. O importante é o orgasmo. Como e com quem, é mero detalhe..."

"[...] De política eu não entendo nada..."

"[...] Não, eu não sabia que o Chico estava querendo nos processar. Se ele me conhecesse mais na intimidade, tenho certeza de que mudaria de opinião..."

"[...] Não, não tenho nenhum caso com o Chico Buarque. Aliás, é bom que se diga e escreva que não tenho nenhum caso com o Chico porque ele não quer, é claro. Ai, ai, se dependesse só de mim..."

"[...] Nesse assunto de plágio e direito autoral, eu não me meto. Quem sabe disso é o meu querido advogado aqui, não é, Max?"

Mad Max, agora foco das atenções, tenta explicar aos jornalistas a razão da parceria com Chico Buarque e toda a celeuma a respeito.

"(...) Só coloquei o nome do Chico na parceria porque é dele a frase 'nem toda loucura é genial, como nem toda lucidez é velha'. Se não colocasse, iam dizer que tinha plagiado. Estou levando uma culpa só por ter sido correto. A frase não é dele? Então..."

Mais algumas perguntas de praxe para Samanta: quais os compositores preferidos; em qual cantora se inspirou; artistas com quem mais se identificava; se tinha algum ídolo; se era autodidata; qual a mania; por qual time torcia; o signo; se tinha namorado ou namorada; a comida preferida; o que pensava sobre a violência, a pena de morte; a numeração dos cedês; a crise de criatividade na MPB; e quando seriam os próximos shows de lançamento do disco.

E a pergunta que todos queriam saber: se ela poderia garantir que urinaria nos palcos em que se apresentasse. Seria jogada de marketing ou sentimento sincero advindo da uretra?

— Nada mais sincero que uma mijada espontânea. Além do que, se não consigo prever nem controlar minhas emoções, que dizer da minha bexiga...

— Para se confirmar, só estando no show ao vivo — apregoava e repetia a produtora Ziza Mezzano, tentando livrar a cantora dos jornalistas e repórteres o quanto antes.

Samanta vai se retirando e se afastando de seus pseudo-algozes, mandando beijinhos e fazendo gestos provocantes e obscenos, segurando e alisando a genitália, para alegria e euforia dos fotógrafos.

Se não era uma saída triunfal, era, pelo menos, apoteótica. A menina tinha a presença dos eleitos, a coragem dos desembestados e a ousadia dos dementes. Quase uma doida de verdade e varrida.

Nos dias que se seguiram, o noticiário especializado estampava e anunciava a nova musa do momento. "Samanta Montenegro — a cantora que, além de fazer xixi enquanto canta, tem um caso e é a paixão secreta de Chico Buarque de Holanda."

E quanto mais o compositor negasse e ameaçasse processos por injúria e difamação, mais o boato tomava força e se espalhava. Para piorar, Samanta, com olhar maroto e travesso, sempre quando questionada a respeito, dizia que ela e Chico eram apenas bons amigos.

O advogado da cantora, Mad Max, não parava de dar entrevistas e não saía dos programas vespertinos de tevê.

OS ATALHOS DE SAMANTA

Loucura genial tocava sem parar nas rádios e Samanta Montenegro não dava mais conta de tantos convites para talkshows e debates.

Nos jornais e revistas, as reportagens estavam divididas: uns apoiavam e comentavam o talento e a esperteza da cantora estreante e já um sucesso, enquanto outros crucificavam-na pela mídia barata e escroque e ressaltavam a sua total falta de vocação como cantora.

Disquinho de estréia vagabundo, arranjos modestos e equivocados, cantora desprezível, de voz sofrível e caráter duvidoso, mas despontando nas primeiras páginas e na telinha dos principais canais de televisão. Falava-se mal de Samanta Montenegro, mas só se falava dela.

O cedê *Loucura genial* vende como água e rapidamente alcança a lista dos mais executados. O sucesso é espetacular, apesar de ter nitidamente uma conotação de pré-fabricado e passageiro. Novas tiragens são providenciadas em regime de urgência, e o disco se transforma em sério candidato a disco de ouro em plena crise de vendas no mercado. Um fenômeno difícil de ser explicado.

LXXV

Atalho. *(C. Augusto / Jorge Aragão / Djalma Falcão)* "*...são as trapaças da paixão / que trazem o choro e a solidão / meu Deus, eu fico a perguntar / se é pra tirar por que deu? / por isso eu preciso de um ombro amigo (para repousar) / um atalho que leva a uma luz ou a um amigo (para descansar) / guardar as lembranças que trago comigo (para sonhar) / por isso o meu coração diz que o amor valeu, valeu, valeu...*". (Quinta faixa do cedê Papo de samba — grupo Fundo de Quintal)

O VICE-PRESIDENTE ARTÍSTICO NESTOR MAURÍCIO, JÁ antevendo o vultoso lucro com as vendas do disco de sua contratada e melhor descoberta, está rindo à toa. Não pára de enaltecer o profissionalismo e a visão empresarial do advogado Maximiliano Júnior. Derrete-se também com as maluquices de Samanta, cada vez mais incensada pela imprensa ao posto exclusivo de nova musa da MPB. A tática das mijadas repercutia e os ingressos para o show de lançamento do cedê *Loucura genial* já estavam sendo procurados.

A produtora Ziza Mezzano acha um exagero a tentativa de transferir o espetáculo para o Canecão. Parece-lhe prematuro e coisa de deslumbrados. Acaba convencendo Nestor e Samanta que o Teatro Rival era mais adequado. Não só pelo tamanho como também pelo charme. Isso sem contar que Ziza era superamiga da dona do teatro, a atriz e advogada Ângela Leal. Nada mais a fazer: o show seria no Rival e teria ampla divulgação na mídia.

O ex-diretor musical e arranjador de Samanta, Alarcom Ferreira, em Memphis comprando suvenires de Elvis, nem sequer desconfia do que está acontecendo por aqui.

Os outros músicos, perplexos, misturam certa apreensão com euforia. Válter do Trombone e Luís Marcello marcam ensaios extras para nada dar errado no show. Precisavam passar melhor algumas marcações. Cristiana Ortega, Lalá Martelo e Brígida são as mais animadas e percebem a possibilidade de aparecer com o sucesso inesperado do disco. Para Rossininho, que já pensava em largar a música, a oportunidade de trabalhar com Samanta tinha caído do céu. E o guitarrista do Forróllingstones, Lui Siqueira, larga de vez o antigo grupo de forró alternativo e muda-se de malas e bagagens para tocar com Samanta Montenegro. Era ele o mais compenetrado e, agora, mais do que nunca, um total apaixonado pela cantora. O sucesso embeleza, realmente.

No fim do show no Rival haveria um coquetel para convidados especiais. O bufê ficara sob a responsabilidade da amiga de Samanta, ex-cantora e agora gastrônoma Kátia Luna ou Said. Seriam servidos quitutes da culinária síria, vinho branco nacional e arak, bebida árabe com gosto de anis.

Enquanto no campo da organização, assessoria de imprensa e divulgação tudo transcorria perfeitamente, no lado jurídico alguns entraves vinham se somar e incomodar a ordem natural das coisas. Nada poderia ser assim tão fácil ou perfeito.

O departamento jurídico da gravadora resolve acatar o mandado judicial e retirar a parceria de Chico Buarque do disco. Dr. Maximiliano Júnior passaria a ser o único autor da polêmica canção.

Mas não ficou só nisso. No embalo daquela demanda que dera até nos jornais, algumas raposas do mercado resolveram também tirar suas lasquinhas. A detentora dos direitos autorais no Brasil do extinto conjunto Dave Clark Five entra com queixa-crime, forçando a interdição do disco ou a exclusão da faixa em que uma versão do grupo — *Uma nova maneira de amar* — era atribuída como composição de Ziza Mezzano, não se mencionando o título original em inglês, *A new kind of love*. Um novo acordo é assinado para a inclusão da tal música, agora como versão de Ziza Mezzano para a canção do grupo Dave Clark Five.

Como se não bastasse, um tal sr. Cândido de Oliveira Neto, vulgo Candinho Candongas, morador de Mesquita, registro de sambista na Ordem dos Músicos do Brasil, ameaça entrar com uma ação na Justiça, alegando coação criminosa e furto de material musical da obra de seu avô, o seresteiro Cândido de Oliveira. Fazia referência à música *Ávida é as-*

sim, plágio escancarado e cínico do samba de seu avô, *A vida é assim*. Para se evitar mais escândalos com o disco (já bastava o processo do pessoal do Chico Buarque), o setor jurídico decide concordar em ceder os direitos autorais da música ao sambista.

Como gatos recém-escaldados, os advogados da gravadora entram em contato com os agentes do grupo sueco ABBA, a fim de legalizarem a versão *Ao vencedor, as batatas*, de autoria do namorado de Kiko Martini, Fernandão, para *The winner takes it all*, que já era sucesso, tendo estourado na Bahia e já tomando conta das rádios do Nordeste.

Após tantos contratempos legais, parecia que agora não iria haver mais problemas. O cedê *Loucura genial* sairia — finalmente e sem pendências judiciais ou demais querelas — com Samanta na capa, pose de pensador de Rodin, sentada numa privada e, embaixo, com as mesmas letras em vermelho, com os dizeres: "Samanta Montenegro em *Loucura genial* — uma não-parceria sobre uma frase não-autorizada de Chico Buarque de Holanda (*sub judice*)." E eram 16 músicas, no total:

1. *Loucura genial* (Maximiliano Júnior, sobre frase não-autorizada de Chico Buarque de Holanda);
2. *Eternamente jovem* — melô da Glenda (Maria do Rosário);
3. *Lesbiana chique* (Maria do Rosário e Samanta Montenegro);
4. *Meu nome é Divina* — samba-tributo a Elizeth Cardoso (Alarcom Ferreira);

5. *A vida é assim* ou *Ávida é assim* (Alarcom Ferreira, Nestor de Sá Nogueira e Candinho Candongas, p/p. de Cândido de Oliveira);
6. *Capitu* (Luiz Tatit);
7. *Tardes* (Patrícia Mello);
8. *Românticos* (Vander Lee);
9. *Uma nova maneira de amar* (Ziza Mezzano em versão para *A new kind of love*, de Clark e Smith);
10. *Ao vencedor, as batatas* (do original *The winner takes it all*, de Benny Andersson e Bjorn Ulvaeus — versão: Fernandão da Pousada);
11. *Pergunte o que quiser* (Antonio Galdino);
12. *As estradas* (Lula Cortes);
13. *Tô tristão* — do original "Estou Alceu de Amoroso Lima" — (Mu Chebabi, Beto Silva, Claude Mañel, Bussunda e Mané Jacó);
14. *Siá Filiça* (Bira e Fátima Marcolino) — com participação especial do grupo Forróllingstones;
15. *Ritual* (Pedro Matheus e Inês Helena);
16. *O riso e a faca* (Tom Zé).

A cineasta Lívia Yamamoto Hiroshi é contratada para o clipe da música sensação e carro-chefe do disco *Loucura genial*.

O plano de filmagem incluía cenas eróticas em locações paradisíacas no delta do Parnaíba, nos Lençóis maranhenses, na reserva ecológica de Mamirauá e às margens do rio Bonito, em Miranda. Samanta cantaria entremeada por freezes contendo declarações pouco amistosas de Chico Buarque de Holanda e de seus advogados. No fim, apareceria Narcisa Tamborindeguy, em close, gritando "Loucuura!".

O vice-presidente artístico Nestor Maurício veta as filmagens nos recantos nobres escolhidos pela produção de Lívia. O clipe seria rodado mesmo em Paquetá. E olhe lá. A cineasta ameaça desistir da gravação, mas volta atrás, a pedido de Ziza Mezzano. Afinal, o que ela teria contra Paquetá?

O clipe, de duvidoso gosto, como era de se esperar, tendo-se em vista a confusa trajetória artística de Lívia, tinha tudo para conquistar alguns prêmios do gênero e cair nas graças da crítica. Não tinha explicação, a cineasta nipo-paulistana sabia a receita do reconhecimento popular. Seus clipes eram famosos justamente por isso. Cafonas, pobres, bregas, trashes e sempre elogiados pela crítica especializada e pelos telespectadores.

De uma maneira geral, o disco é bem recebido pelos críticos. À cantora é atribuída uma maneira corajosa e intrépida de se expor, de se desnudar. Uma intérprete transparente e com parcíssimos recursos vocais. A voz não convence, mas sua sensiblidade transborda e compensa. O estilo é meio escatológico, as bases e os arranjos pobres e antiquados, e as versões são simpáticas pelas letras irônicas. O maior sucesso é, indubitavelmente, a polêmica não-parceria com Chico que dá título ao cedê. O samba-tributo a Elizeth tinha recebido o apoio do fã-clube da cantora, e seu autor, o paraense Alarcom Ferreira, foi convidado para fazer parte do seleto grupo de beneméritos do fã-clube. Quando retornasse de Graceland, terra de Elvis Presley, ele receberia a homenagem merecida.

OS ATALHOS DE SAMANTA

O mais curioso era que as releituras do disco — *Românticos*, *Tardes* e *Capitu* — tinham recebido duras críticas dos autores originais. Tanto Vander Lee, como Patrícia Mello e Luiz Tatit, todos eram unânimes em afirmar que Samanta Montenegro havia estragado e desvirtuado completamente as músicas. Tal comportamento — criticar intérpretes de suas canções — não era muito comum no meio. A maioria dos compositores, mesmo odiando a versão dada, dificilmente se manifestava desfavoravelmente. No máximo, o silêncio ou o desprezo. Mas contra Samanta tudo parecia conspirar. Era sua aura e o clima do disco. Com Samanta Montenegro não haveria meio-termo, vaselina ou muros escalados. Era pau e pedra, na cara e na lata.

A melhor e mais benevolente crítica — e que, de fato, chamara a atenção de muita gente — fora a do respeitado jornalista Tárik de Souza: "...um jeito diferente de cantar que descamba em falas onde se misturam formas arcaicas e populares numa voz gretada, forte, levemente soprada por melodias ancestrais..."

Samanta Montenegro nunca na vida, sequer uma vez, se imaginara como uma intérprete com a voz gretada e soprando melodias ancestrais. Mas gostara imensamente daqueles adjetivos escolhidos. Em casa, conversou com Rosário:

— Viu o que o Tárik falou sobre mim no jornal? Sou uma cantora de voz gretada, minha nega.

— Vai ver tem alguma coisa a ver com a Greta Garbo, né, Samanta?

— Será?

— Cuidado para não acabar no Irajá.

— Isola!

A carreira do disco tem tudo para ser vitoriosa. As rádios tocam, os programas de televisão convidam e as vendas estouram. Nada mau para um disco de estréia. No fim, todos os atalhos percorridos e sofridos tinham valido o esforço.

LXXVI

Samanta recebe carta de Paulão ou, melhor, do pastor Azambuja, com logomarca no envelope da Igreja Sinais e Prodígios do Santo Sepulcro e da Graça Divina e registrada no município fluminense de Laje do Muriaé, fronteira com Minas Gerais.
Pelo visto ele já não estava com tanto medo de ser reencontrado pelos ex-comparsas do tráfico. Havia postado a carta e ainda colocado o atual endereço no verso do envelope. De fato, o tempo havia passado e dele nem mais se falava. Igual a certos ex-presidentes da república nacional, ele fora esquecido, graças a Deus.
A carta era sucinta e só mencionava uma máxima manjada, mas, para o momento vigente da cantora Samanta Montenegro, de extrema utilidade. A missiva, compacta, apenas dizia: "É preciso ser bastante cauteloso para não naufragar na popularidade." E nada mais escrito. Era o suficiente. Paulão, agora pastor compenetrado, descobria a

essência e a síntese das palavras, sem desperdícios. Tomara não procedesse da mesma forma nos sermões envagélicos, onde a palavra em forma de ladainhas repetitivas era o dom de iludir e convencer os mais distraídos.

Paulão que fosse feliz a seu modo, entre evangélicos e capiaus, fazendo família e esquecendo dos vícios, na paz de Cristo. Ela, Samanta Montenegro, a mais nova revelação da MPB, haveria de seguir seus atalhos e destino.

Mesmo animada com o retumbante e repentino sucesso, Samanta permanecia frustrada e carente na área amorosa. Como se certos estivessem os que garantissem que sorte no jogo resultasse em azar no amor.

Seu coração se dividia e distribuía algumas migalhas entre Maria do Rosário — a perene amiga-amante — e o dedicado e parvo sexualmente Lui Siqueira.

Samanta sempre dizia a Rosário que, se Lui fosse tão hábil e inventivo na cama como era com a guitarra, estaria realizada. Ou bem perto disso. Já para Lui ela confidenciava que Rosário só não era perfeita porque não era hiperclitórica. Gostava e dependia de penetrações, e com a amiga ficava toda vez com uma inconveniente sensação de vácuo.

O que mais impressionava era que nada mais impressionasse a ambos. Tanto Rosário quanto Lui tinham se conformado em repartir sexo com a cantora. Ela entrava com as preliminares e ele com o pênis. Só faltava irem à alcova em trio. Ménages assumidos, porém ainda não efetivados. Cada um cumpria a sua função em separado e a contento. Tudo muito moderno e compartilhado.

Com o primeiro advanced, ou seja, adiantamento por conta, Samanta se muda para o Leblon. Era mais chique e prático. Santa Teresa ficava muito contramão. Aluga um apartamento confortável e espaçoso num prédio antigo. Bem no meio do movimento boêmio do bairro.

Mudam-se para lá, além de Samanta, a mãe, dona Glenda, a amiga e parceira Maria do Rosário e o namorado de plantão, Lui Siqueira. Uma confraria unida e pronta para o futuro que os aguardava.

Mesmo com a aparente estabilidade emocional oriunda do tripé "amante-homossexual, namorado-vocacional e carinho-maternal", Samanta quase não disfarçava mais seu interesse pelo advogado Mad Max. Ele, a bem da verdade, era o maior responsável pelo sucesso do disco. Poderia ser gratidão, reconhecimento ou, até mesmo, afinidade. Ninguém sabia. O caso era que estavam quase descarados os sinais de mútuos assédios. Todos comentavam, e os dois eram reticentes e lacônicos na afirmação cínica de não terem nada um com o outro.

Maximiliano Júnior era de família na sociedade e Samanta não se prestava àquele papel. Mas evitavam o desfrute social e tratavam de aproveitar o escondido, as sombras, que era bem melhor. Não tinham o menor futuro e era exatamente isso que mais os seduzia. Seguros da impossibilidade aparente, entregavam-se desprotegidos e tornavam-se cada vez mais cúmplices, como era de se esperar.

Rosário e Lui faziam de tudo para não admitir o ciúme. Quatro no sexo também era demais. Deveria ser passageiro e logo logo ela iria esquecer aquele advogado juvenil. Ou ele a ela, tanto fazia. Contavam com isso.

LXXVII

Dona Glenda andava pelos cantos da nova moradia no Leblon. Não mais se interessava pelos garotões e esquecera de vez tanto a paixão cega pelo ceguinho, quanto seus casos rumorosos com o professor mulato de tango e o galego ricaço. Fechara para obras e caminhava para a inefável abstinência sexual.

Sentia falta do velho e bucólico apartamento de Santa Teresa e vivia irritada, com olheiras e cansada. Nunca mais fizera uso das máscaras de kiwi com abacate e dos esfoliantes faciais. Ouvira, na tevê, uma veterana atriz discorrer sobre a velhice com dignidade e a importância das rugas, e adotara o exemplo de vida. Saía mais barato e dava menos trabalho.

A novidade era que agora padecia de insônia em suas mais diversas variantes. Ora tinha dificuldade de iniciar o sono, ora acordava no meio da noite e não voltava mais para a cama. Como se ainda não fosse o bastante, adquirira a síndrome das pernas inquietas. Suas pernas se movimentavam involuntariamente durante o sono, ela despertava assustada e não dormia mais.

Mas o pior era que uma outra doença, bem mais perigosa e ameaçadora, avançava com a idade. Dona Glenda era portadora de anodinia, uma patologia que levava à insensibilidade à dor. Mais paradoxal e triste impossível. Logo ela — tão sensível e emocionada com tudo — transmutara-se agora em uma pedra em vida. Passava o tempo todo se beliscando e testando a sensibilidade afetada. Dava pena. Bem, ao menos tinha com o que se preocupar e passava a maior parte do tempo pesquisando novas receitas para a anodinia galopante e remédios milagrosos para dormir. Não haveria mal que sempre durasse ou não tivesse cura, era seu lema.

Com todos esses problemas, dona Glenda negligenciara um pouco a atenção com a carreira da filha.

Samanta era grata ao destino por isso, ainda que a saúde de sua mãe a estivesse deixando preocupada. Dona Glenda costumava sufocá-la e ela não tinha mesmo mais tempo para se dedicar às sandices ou manias de doença da mãe. A carreira era o foco de todas as suas atenções.

Nestor Maurício, depois do tiro na mosca com a descoberta do fenômeno Samanta Montenegro, estava com moral elevado e desfrutava de crescente poder e da admiração de todos na gravadora. A vida íntima, no entanto, caminhava em destino oposto.

Sua outrora sexualmente comportada esposa Rovena dera para bizarrices e revoluções. Depois das minhocas, cismara agora em despertar para a sexualidade cósmica. Cada vez mais animada e liberta, via a libido crescer a cada dia. Ela segredara ao marido que, a cada novo amanhecer, acordava com mais tesão. Um tesão inexplicável e que vinha das entranhas. Parecia coisa do demo. Nestor estava apavorado. Aonde aquilo iria parar?

Claro era que Nestor não poderia acompanhar a nova explosão de emoções sexuais de Rovena. Sentia saudade dos tempos em que ela só pensava na criação de minhocas. Agora quem vivia com minhocas na cabeça era ele.

De fato, Rovena perdera os freios. Passava um tempo exagerado admirando-se nos espelhos, e agora usava umas calças tão justas que ficava difícil imaginar como ela entrava ou saía delas.

Ao mesmo tempo (e talvez para aplacar a consciência) também se dedicava à prática da meditação e da busca interior. Queria tornar-se uma entendedora e especialista do *I Ching*. E isso traduzia aprofundar-se na história, estrutura e filosofia oriental e na raiz do taoísmo. Rovena era uma radical.

Os conhecimentos da filosofia e ciência taoístas manifestavam-se na sabedoria cotidiana de ser saudável e estar em sintonia com a natureza, e de manter o equilíbrio do corpo e da mente. Isso tudo mesclado com taras sexuais não-realizadas.

Levava noites e mais noites em claro, tentando adaptar o estudo dos 64 hexagramas do grande tratado de *yin* e *yang* para o *Kama Sutra*. Ou seja, interpretava os hexagramas como diferentes tipos de posições sexuais.

Nestor insistia para que ela procurasse um analista. Um médico da cabeça, como ele dizia. Poderia até ser um padre, pastor, rabino ou monge. Mas, de preferência, um exorcista.

Qualquer tentativa valeria para tirar aquelas idéias da mente doentia de sua mulher.

Mas Rovena acabou procurando a escapatória mais simples e imediata: a saída seria a experiência física com amantes mais jovens e dispostos. Só que não admitia traições e não faria nada sem o conhecimento e a aprovação de Nestor. Nenhuma aventura furtiva, às escondidas. Insistia, inclusive, para que ele a acompanhasse. Sentia-se insegura com outro homem. Não estava acostumada.

A princípio, Nestor pensou que era uma piada. Mas com o tempo foi se convencendo de que Rovena parecia mesmo decidida a ter novas experiências conjugais.

Dali para a prática do swing e troca de casais foi rápido. Rovena persuade Nestor a entrarem para um clube de fornicação coletiva ou, como eles gostavam de intitular, clubes de recreação sócio-sexual.

Para completar a tristeza e a angústia de Nestor, Rovena torna-se um sucesso total no novo clube e passa a ser a sensação de praticantes e associados.

Ao aflito Nestor restava a crueldade da dúvida: não sabia se ficava orgulhoso com os comentários elogiosos das atuações da mulher ou se se sentia passado para trás.

Com o tempo foi se acostumando e deixando de freqüentar o clube. Era embaraçoso demais para ele a excelência do nível obtido por sua fogosa esposa. Como se ficasse bem claro a todos que a culpa do insucesso da relação fosse exclusivamente dele. Rovena era, no dizer popular, muita areia para seu caminhão.

Chegou à conclusão de que seria melhor deixá-la no clube de recreação sócio-sexual fazendo suas estripulias, enquanto ele ficava em casa, de pijama e chinelos, assistindo à tevê. Também tinha certa dignidade, e não se permitiria ficar assim exposto. Nem tinha idade para tanto sexo. Ela que se aquietasse também, pois assanhamento tem limite.

Nestor, nesse meio tempo, tencionava participar de um Congresso Mundial de Faloplastia, cujos temas principais abordados giravam sobre "técnica de aumento da espessura peniana" e "aumento do pênis por tração". Talvez aceitasse o convite apenas por curiosidade. Não que precisasse, é claro.

No seu íntimo ficava pensando como seria o tal método de tração. Incomodava-lhe profundamente imaginar seu pênis como um motor de jipe ou ainda como uma hérnia de disco.

Fosse ou não ao tal congresso, não iria fazer nenhuma espécie de tração. Isso também já era demais.

LXXVIII

Em cada entrevista que Samanta Montenegro concedia às revistas, rádios ou televisão, sempre aparecia uma graça qualquer. Um charme próprio, um besteirol simpático. Era a nova darling da mídia. Suas respostas (ninguém teria coragem de afirmar se eram propositadamente patetas ou ardilosamente patéticas) agradavam e surpreendiam. Não era prolixa nem pedante. Direta, objetiva e algo misteriosa. Mais ou menos como uma medusa ao contrário.

E depois, tinha a fama repentina, a aura do sucesso obedecendo aos parâmetros preestabelecidos dos realizados: quem era famoso e se expressasse mal tinha uma prosa perturbadoramente simples; já quem o fizesse bem e não fosse famoso era um metido a erudito e só queria complicar.

Pois Samanta Montenegro não complicava nada e era de uma simplicidade no falar que perturbava. Alguém bancava o idiota nessa história. E ninguém sabia ao certo se Samanta sabia ao certo alguma coisa. A nova revelação da MPB era uma esfinge moderna.

Todos os envolvidos, direta ou indiretamente, na produção do disco *Loucura genial* de Samanta Montenegro colhiam, de alguma forma, os frutos e as benesses do sucesso da empreitada.

A amiga dedicada Ziza Mezzano foi elevada à condição de empresária-produtora-e-babá. Tudo passava por ela, desde os shows marcados às múltiplas aparições nos programas de tevê. Os cuidados pessoais, a conta bancária, os contratos, os aconselhamentos nos problemas existenciais, a divulgação, enfim, uma espécie de manager e fiel escudeira. Era moda: quem fosse bem-sucedido tinha de ser acompanhado por uma empresária com essa tipologia. Além, é claro, de um personnal trainer para poder manter a boa forma e o fôlego, que a estrada a ser trilhada exigia superações aeróbicas.

Cada apresentação ao vivo de Samanta Montenegro lhe consumia alguns mililitros de suor e quase não havia tempo para reposição. Sem contar a perda de sódio e uréia com as constantes e superbadaladas micções pelo palco. Era sua marca registrada e o público exigia sempre mais, no bis tradicional: "Por que parou, parou por quê?" ou "Ô Samanta, cadê você, eu vim aqui só pra te ver!" ou ainda a incrível variante da moda "Ô Samanta, onde tu tá, eu vim aqui te ver mijar!". Havia fãs mais afoitos e abnegados que levavam urinóis ou outros recipientes na esperança de serem aquinhoados com a urina da cantora. Escatologia pura que ameaçava cruzar fronteiras. Ziza Mezzano estudava propostas de alguns empresários estrangeiros interessados em levar a cantora para uma turnê internacional. Ziza já pensava em versões em espanhol das músicas do disco. Estava de olho no mercado latino. Depois Miami, Liverpool e, quem sabe, o mundo... Ziza era de um otimismo patológico e Samanta era uma inconsciente alegre. Uma dupla que se entendia por assobio. No novo apartamento do Leblon chega correspondência de Memphis. Era um cartão-postal de Alarcom Ferreira, ao lado de um sósia de Elvis numa fotomontagem. Parabenizava a todos e parecia sinceramente admirado, e perguntando se era verdade todo aquele sucesso. A notícia já havia chegado à terra do Tio Sam. Estava voltando ao Brasil. Que eles o aguardassem, pois tinha novas composições e idéias, inclusive uma nova canção para homenagear Carmen Miranda, no mesmo estilo do samba de Elizeth. Os ares de Graceland e a presença espiritual de Elvis Presley haviam renovado sua alegria de viver. Ainda tinha muita música para dar, garantia.

Quem não gostou da novidade foi Lui Siqueira, que pressentia no postal de Alarcom a ameaça de ele querer voltar e reassumir seu lugar. Samanta tranqüiliza o companheiro e garante que o velho Alarcom era apenas um músico amigo e que viria só para somar.

Sem ao menos saber a razão, Lui se acalma. Samanta se revelava capaz de soluções diplomáticas que nem ela própria suspeitava possuir. Com senso de justiça e firmeza nas posições, dava sinais claros de bom relacionamento em grupo. Era uma band-leader nata.

Pela internet, chegam fotos dos gêmeos de Kiko Martini e Fernandão. Estão no céu e se desdobram nas novas obrigações paternas. Dona Glenda, ao examinar melhor as fotos no computador, garante que os meninos se parecem mesmo com o Kiko. Podia ser, podia ser...

LXXIX

Atalhar. *[td] tomar a dianteira; passar a frente de.*
(Verbos — Língua Viva)

A BANDA PRECISAVA SAIR PARA A ESTRADA. O ARTISTA tinha de ir aonde o povo está. Samanta queria divulgar seu trabalho. Ziza Mezzano marca uma excursão pelo Nordeste, descendo, passando por Minas, Vitória e o eixo Rio-São Paulo. Na Bahia tinham agendado um show especial em Porto Seguro, na pousada de Kiko Martini e Fernandão. Samanta aproveitaria para batizar os gêmeos. Era a madrinha.

O repertório seria mais ou menos eclético: as canções do disco *Loucura genial*, acrescidas de alguns sucessos que Samanta Montenegro adorava. O *Trem do Pantanal*, de Geraldo Roca e Paulo Simões, era um deles.

Havia conhecido Paulinho numa festa e a balada do trem

do Pantanal era uma de suas preferidas quando cantava na noite. Lui Siqueira fizera um arranjo mais heavy metal e Válter do Trombone, uma introdução de gaita bem original.

Tinha a bela canção *Amazônia*, do paraense Nilson Chaves. Uma espécie de hino da região Norte, que falava de sacis, cunhatãs e caboclos de Cametá. Nilson ficara seu amigo e Samanta não se cansava de dizer que ele merecia mais projeção e reconhecimento do que efetivamente já possuía. Como tantos por aí.

Outra novidade era o rap moderno, com sotaque nordestino, *Antropofágico*, de Zé de Riba, um maranhense do interior, que se radicara em São Paulo e vivia em Capão Redondo. O rap tinha uma letra que falava de fome e automutilações simbólicas. Tudo muito atual e oportuno. Samanta curtia essa bossa.

E não poderia faltar *Dia cinco*, do Ruy Maurity e do Zé Jorge, uma canção emblemática dos velhos festivais universitários, e que Samanta amava. E para não dizerem que restara algum ressentimento do Chico ela também cantava no show uma versão reggae de *Gota d'água*, em simpático arranjo de Luís Marcello.

A nota destoante ficara por conta da surpreendente saída das percussionistas Brígida e Lalá Martelo, que, na última hora, resolveram formar uma banda: a "Grandes Sapatos Voadores". Levaram também com elas a tecladista gaúcha Cristiana Ortega. Tudo muito diplomaticamente. Era uma tentativa de vôo solo. Samanta entendeu o motivo e desejou sorte às meninas. Com certeza ainda cruzariam seus caminhos nos atalhos da vida.

A banda de Samanta Montenegro para a excursão era formada por Élcio Rossininho na bateria, Luís Marcello no baixo, Válter do Trombone nos sopros e Lui Siqueira nas guitarras. Tinham convidado o sanfoneiro do Forróllingstones, o Ray Charles — codinome de Raimundo Carlos. O rapaz, potiguar de Mossoró, era um capeta na sanfona, e ficaria no lugar de Cristiana Ortega.

Alarcom Ferreira, já no Rio de Janeiro, de volta de Memphis, não participaria da excursão. Seu estado de saúde inspirava cuidados e não permitia grandes aventuras. Quando fizessem as apresentações no Rio, ele seria convidado especial.

Ziza Mezzano viajaria com eles como empresária e o advogado Maximiliano Júnior como assistente de produção, relações-públicas e assessor de imprensa. Uma espécie de chefe da delegação, acumulando cargos simbólicos, uma vez que sua presença se prendia só ao fato de estar de caso com a cantora, estrela da companhia.

Maria do Rosário ficaria em casa, fazendo companhia a dona Glenda, cada vez mais abstinente sexual e anodiníaca.

Apesar do ciúme latente, tanto Lui Siqueira quanto Rosário administravam bem as "saidinhas" de Samanta com o advogado biruta Mad Max. Formavam um quadrilátero amoroso cheio de incoerências, mas nada monótono. Eram versáteis e, cada um a seu modo, desempenhavam suas funções com elegância e civilidade. Uma patifaria consentida.

Tudo bem planejado, band on the run e o disco vendendo como biscoito. O sucesso era notável e caminhava em progressão geométrica. A receptividade do público era quase inacreditável. A cantora tinha magia e carisma. Samanta Montenegro, o nome da vez e do momento. Sua carreira prometia.

LXXX

"C'est le commencement de la fin" *(É o começo do fim)* Talleyrand *(1754-1838)* (Palavras com que o diplomata se refere às primeiras derrotas de Napoleão.)

NA NOITE DA VÉSPERA DO EMBARQUE PARA A EXCURsão, Samanta tem um sonho estranho. Uma voz, bastante parecida com a de seu pai, lhe diz: "A vida só tem sentido se a gente puder lutar pela felicidade. Nada mais importa, só a felicidade e a luta por ela..."
A voz era mesmo de seu pai. O velho Silva. Não tinha mais dúvidas.
Levanta, assustada, com o corpo ainda trêmulo e caminha até a cozinha. Abre a geladeira e apanha o leite. Liga o rádio para ouvir alguma coisa. O silêncio a incomodava demais. São quase cinco da manhã. No rádio, um locutor fala ao telefone com uma ouvinte, que pede uma música do Roberto Carlos. Ela muda de estação. Propaganda, e mais

locutores falando bobagens. Já quase passou pelo dial todo. Sintoniza então numa canção que lhe parece familiar. Era uma música querida e sua velha conhecida, com Gonzaguinha: "... viver e não ter a vergonha de ser feliz..." Quando a canção termina, entra o anúncio de um refrigerante, produto novo no mercado. Sabor cítrico. Enxuga uma lágrima inoportuna que teima em escorrer pelo rosto. Uma golada funda no copo com leite gelado, e seus pensamentos vagueiam desencontrados. O dia ia amanhecendo e ela, ao menos, concordava: lutaria sempre pela felicidade, mesmo se não existisse ou dependesse de todos os atalhos possíveis. Ainda assim, valeria a pena.

PAPEL

CHAMOIS·FINE
alcalino

Este livro foi composto na tipologia Bell Gothic BT,
em corpo 11,5/15, e impresso em papel
Chamois Fine Dunas 80g/m² no Sistema Cameron
da Divisão Gráfica da Distribuidora Record.

Seja um Leitor Preferencial Record
e receba informações sobre nossos lançamentos.
Escreva para
RP Record
Caixa Postal 23.052
Rio de Janeiro, RJ – CEP 20922-970
dando seu nome e endereço
e tenha acesso a nossas ofertas especiais.

Válido somente no Brasil.

Ou visite a nossa *home page*:
http://www.record.com.br